小鱼的幸福

幸福

〔比利时〕李克曼 著

杨年熙 译

人民文学出版社

PEOPLE'S LITERATURE PUBLISHING HOUSE

著作权合同登记号　图字 01-2024-3362

Simon Leys
Le bonheur des petits poissons

图书在版编目(CIP)数据

小鱼的幸福／（比）李克曼著；杨年熙译. -- 北京：
人民文学出版社，2025. -- ISBN 978-7-02-019191-8

Ⅰ. I564.65
中国国家版本馆 CIP 数据核字第 2025ZL4651 号

责任编辑　朱卫净　杜玉花　欧雪勤
封面设计　汪佳诗

出版发行　人民文学出版社
社　　址　北京市朝内大街 166 号
邮政编码　100705

印　　制　杭州钱江彩色印务有限公司
经　　销　全国新华书店等

开　　本　787 毫米×1092 毫米　1/32
印　　张　4.625
字　　数　74 千字
版　　次　2025 年 5 月北京第 1 版
印　　次　2025 年 5 月第 1 次印刷

书　　号　978-7-02-019191-8
定　　价　39.00 元

如有印装质量问题，请与本社图书销售中心调换。电话：010-65233595

献给汉芳和我们的四个儿女

目录

自序

这本小书收集了我在 2005 和 2006 两年间替法国《文学》杂志撰写的专栏，以及更早在《作家》《新法国》和《读书》等其他刊物上零星发表的文章。

爱因斯坦曾说："真知灼见不多，而且要隔很长一段时间才会出现。"（这是他的经验之谈。）一个必须准时交卷的专栏作家对此言尤其有很深的体会：总在担心文章会缺乏新意，因此非常羡慕画家在这方面所占的优势！就看乔治·莫兰迪[①]吧，他的画几乎除了三个小盒子、两个小瓶子之外便没有别的；有时候把小瓶子调个位置，或者换成另一种瓶子；每次这么一更动，画面的结构变了，颜色也不再一样，一幅新画便诞生了，和之前的作品相比毫不逊色。

这次校对文稿大样的时候，我发现有的地方内容重

[①] 乔治·莫兰迪（Giorgio Morandi，1890—1964），意大利当代画家。

复——这里那里的，看到同样的小盒子和类似的瓶子。没有删除，倒不是由于作者的疏忽，而只是因为有的看法他特别重视，不惜说了又说。是否能就此见谅于或有同感的读者呢？

李克曼

堪培拉，2007 年 11 月

小鱼的幸福

桥上的智慧

塞缪尔·巴特勒[①]将生活比作一场小提琴独奏，你必须公开演出，但是一边拉琴一边才在学基本技巧。很恰当的比喻——也可以用来谈死亡：英国幽默周刊《笨拙》前任主编埃德蒙·诺克斯[②]，癌症已到末期的时候悠悠地说："这东西啊，麻烦的是，你太没经验了。"

我们生活中会遇到各种考验，必须一一及时面对。但不是每个人都有应付的天分：有时答非所问，有时哑口无言——瓦雷里将文学比喻为"时过境迁后的全面反攻"良有以也。

很久以前，我经历了一个其实常会碰到的突发场面，事情过了我才明白整个含义，当时却没来得及反

[①] 塞缪尔·巴特勒（Samuel Butler，1835—1902），英国作家。
[②] 埃德蒙·诺克斯（Edmund Knox，1881—1971），英国诗人。

应——今天想起来都还耿耿于怀。那是一次历史学家的学术讨论会，由一位德高望重的大学教授主持。他们从国外专程请来的一位老教授刚就中国宋代绘画发表了演说，当地的一位年轻教授随之登上讲台，开始长篇大论地批评这位前辈。他的说法并不新鲜——不过一五一十地顺着当时流行的思想发挥。这位革命演说家指出，只有被资产阶级精英主义所蒙蔽的人才会欣赏中国古代绘画——这些腐败寄生虫的作品。而中国真正的艺术——被学院派官吏所坚决忽略的——是工农兵大众的艺术。总之，他说的全是当时听得烂熟（现在已被人遗忘）的论调。面对突如其来的猛烈抨击，举止斯文、外形孱弱的老教授大感意外，但他一言未发。当时剩下的讨论时间也不够了，主席于是匆匆宣布散会。

参加这次研讨会的多数都是素有教养的饱学之士，大家都感到十分尴尬；但是，当有教养的人碰见粗鲁下流的言行，通常都会尽量表现得若无其事的样子。

事实上，这件事最令人惊愕的不是这种了无新意的叫嚣，而是我们的缄默。我突然想起雨果话中的真理："博学的人都有点像僵尸……"这次学术会议有股难闻的尸臭味。

大部分与会者虽然不赞同这位年轻同僚的狂妄无

礼，但他们私底下认为，在一个学术讨论会中，所有意见都值得尊重；看来没有人明白我们刚听到的不是一般的意见，而是在宣布大学教育和研究风气的死亡。事实上，年轻教授所说的——没有引起任何反驳——是在消除价值判断的合理性；若真理只不过是阶级的偏见，那么所有大学工作均会沦为荒谬的闹剧。我们如何能够，譬如说，研究文学和艺术，而不以文学和艺术的价值观为依据呢？没有了这种依据，"超人"漫画和芭芭拉·卡特兰的言情小说应该与莎士比亚和米开朗琪罗等量齐观。这也是今天大学里大量采纳了的结论。

汉娜·阿伦特① 在一封鲜为外界知晓的信中说，真理并非思考的结果——而是一个先验条件和思考的起点：没有真理作为先验条件，任何思考都无法进行。这个无以置疑的首要原则其实在两千三百年前便由庄子的一段名言做了充分说明。

庄子和逻辑学家惠施在濠水河边漫步，行至桥上，庄子说："你瞧这些小鱼，自由自在地，游得多么快乐呀！"惠施说："你又不是鱼，怎么能知道鱼是快乐的

---

① 汉娜·阿伦特（Hannah Arendt，1906—1975），德国哲学家，后入籍美国。

呢?"庄子说:"你不是我,怎么能知道我不知道鱼的快乐呢?"惠施答道:"我不是你,固然不知道你,但你确实不是鱼呀,不是鱼就无法知道鱼的快乐!"庄子说:"我们回到话头上,当你问我如何知道鱼快乐时,问的方式便承认了你是知道我知道的。现在,如果你真要知道我是从哪里知道的,那么我告诉你,在桥上!"①

①　出自《庄子·秋水》:庄子与惠子游于濠梁之上。庄子曰:
"儵鱼出游从容,是鱼之乐也。"惠子曰:"子非鱼,安知鱼之乐?"庄子曰:"子非我,安知我不知鱼之乐?"惠子曰:"我非子,固不知子矣;子固非鱼也,子之不知鱼之乐全矣!"庄子曰:"请循其本。子'汝安知鱼乐'云者,既已知吾知之而问我。我知之濠上也。"

新英格兰漫步

美国总统布什的右臂助理笨拙地挖苦欧洲"老大",我们却不能因此忘了也有一个"老大"的美国,这个美国的精致文化和人文精神比其欧洲堂兄毫不逊色。吉卜林[①]在佛蒙特州住过一段时期,他爱上了新英格兰;他在《浮生散记》[②]中提到在哈佛大学任教的一位朋友遇到的事。这位大学教授有天和一位同僚在乡间乘马车浏览风光,两人正在辩论一个有关人类学的深奥题目,车子在他们认识的老农住家前停下,给马饮水。这位和当地人一样沉默寡言的老农忙着提水的时候,两位朋友继续在马车上讨论。一个说"依据蒙田的看法……",然后引述一句蒙田的话来印证,还提着水桶的老农这时插话了:"这话不是蒙田说的,是蒙特–吉厄。"(而他说得对。)

---

① 鲁德亚德·吉卜林(Rudyard Kipling,1865—1936),英国作家及诗人,1907年诺贝尔文学奖得主。
② 《浮生散记》(*Something of Myself*),吉卜林过世前一年所写的自传性作品。

在爱默生①和梭罗②的时代，康科德还只是一个小镇，但是文化气息浓厚，不下于歌德的故居魏玛。爱默生的姑妈是位自学成功的才女，她非常喜欢一部诗集，但是手上只有一本没了封面的旧书，很久以后才偶然获悉这本书其实是弥尔顿的《失乐园》③。我对这段逸事很感兴趣，因为触及了一个文化的根本问题：诚实的读者不会被封面上的作者姓名所左右，看的只是作品本身。在这里我自然联想到一位记者和巴黎十家大出版社开的一个滑稽大胆的玩笑（各位想必在我之前已获悉了细节经过，但可能不知道消息一直传到地球的另一端来了）：这位无情的记者把《马尔多罗之歌》④送给几家大出版社审阅，仅改了作者的名字。各出版社几乎无一例外地（伽利玛总算认出了自己的出版物）拒绝了这本散文集，认为没有任何出版

---

① 爱默生（Ralph Waldo Emerson，1803—1882），美国思想家、文学家、诗人。

② 梭罗（Henry David Thoreau，1817—1862），美国作家、哲学家。

③ 约翰·弥尔顿（John Milton，1608—1674），英国诗人、政论家，民主斗士。代表作《失乐园》与《荷马史诗》《神曲》被称为西方三大诗歌。

④ 《马尔多罗之歌》，法国文学史和文化史上的重要作品，以诗歌和散文阐述文学理论，或抒情叙事。作者洛特雷阿蒙（Comte de Lautréamont，1846—1870) 被公认为现代文学先驱。

的价值。在这件历史案例中最令人惊异的倒不是辨认这本杰作的能力——不过显示记忆力差或信息不足罢了——而是未能看出这部作品杰出的本质，透露了出版社评审品位低下的事实。

只有经过后世代代筛选，确定哪些是值得欣赏的作品，才能指出评审们当年之有眼不识珠。圣伯夫 ① 在众多当代作品中摸索的时候，就是以是否经得起时间考验为依据，进而对肯定价值做了鞭辟入里的分析。

佩吉 ② 则对这种以后世判断为依据的方法表示怀疑。他说：明天的人为什么就不那么笨呢？未来的世代不过是以后的我们，出现得较晚而已。佩吉的怀疑其实是错误的，因为不正是时间的历练使我们看得比较清楚？少年人会不分优劣地喜欢各种各样的作品。年长后开始懂得区分挑选，而逐渐发现过去所忽略的，最为深刻和神秘的杰作。

西蒙娜·薇依 ③ 认为，当什么人话中含有新意，起初只有平时就喜欢他的人才会听他讲。克劳德·罗

---

① 圣伯夫（Charles A. Sainte-Beuve，1804—1869），法国文学评论家。
② 佩吉（Charles Péguy，1873—1914），法国作家、诗人和评论家。
③ 西蒙娜·薇依（Simone Weil，1909—1943），犹太裔法国著名哲学家。

伊① 将这种看法做了进一步推论，他说："作家表达看法的同时也在自我释放。向一位在世的作者说我们喜欢他的作品，等于在说喜欢他这个人。说我们不喜欢，则等于向他做一种'自家人'的亲密表示。也因为如此，作家们对外界的批评，反应会比一位细工木匠敏锐得多。我们以为是在批评他所写的东西，其实不然：在对方听来说的是他本人。"

这最后一段话总之厘清了作家面对批评时的两极反应。作家们几乎无一例外地同意：所有批评，不论好坏，对他们的工作从来没有任何用处或重要性。许多作家还说，他们从来不看评论。对于前者，我相信他们说的是实话，但是对于后者，我存疑。诺曼·梅勒② 在庆祝八十岁生日前夕，将他漫长职业生涯的经验收集在《诡异的艺术》这本精彩的书中。关于批评的问题，他说得非常坦白："不去看介绍我某本书的文章是难以想象的，就好像有个裸体女人偶然出现在你开着的窗前，你却闭上眼睛：不论美丑，这种情况下的女人一定是有趣的呀！"

---

① 克劳德·罗伊（Claude Roy，1915—1997），法国诗人、散文家、记者、作家。
② 诺曼·梅勒（Norman Mailer，1923—2007），美国作家，两度获普利策奖。

心理活动
无为胜有为

　　瓦萨里[①]写到达·芬奇在圣马里–德–格拉斯食堂画《最后的晚餐》时说，修道院院长见这位大画家时常停笔有些生气，事实上他有时呆望着墙壁，一望就是大半天。院长希望达·芬奇和种菜的园丁一样不停地干活，最后忍不住将司弗扎公爵[②]请来，要他督促画家动作快一点。公爵于是问达·芬奇为什么画得那么慢，心里也知道这位杰出艺术家一定有他的理由。达·芬奇倒是很乐意说明，他说："有才华的人往往动得越少做成的越多，因为他们需要很多时间思考，在脑海里琢磨最完美的构思，然后再用手将思考的结果落实下来。"

　　这番话看来很像出自中国画家的绘画论，瓦萨里

---

①　乔治奥·瓦萨里（Giorgio Vasari，1511—1574），意大利画家、建筑师、作家。

②　司弗扎公爵（Ludovic Marie Sforza，1452—1508），意大利贵族，米兰公爵。达·芬奇最重要的作品完成于替司弗扎公爵服务期间。

书中所记则和《庄子·田子方》中的一个寓言不谋而合：宋国国君要找人到宫中替他画像，很多画家都来了。他们向主人致意后便急忙预备纸墨笔砚，开始作画。只有一个人，到得最晚，不慌不忙地向国君躬身致意，然后便回到后室，失去踪影。国君感到奇怪，差仆人去看个究竟。仆人回来说："此人脱了衣服，半裸地坐在那里，什么也不做！"国君大喜："太好了！这才是我要的画家！"

中国人认为："作画，难在下笔之前。"因为"意在笔先"。因此对于中国画家们，绘画毋庸置疑是一种心理活动。西方正好相反，杰克逊·波洛克[①]所说"绘画是一种肢体活动"看来得到较为普遍的认同。的确，在西方绘画中，很少有哪件作品仅在投射下笔之前的心理图像。尤有甚者，绘画往往是画家和画布之间的对话，乃至格斗。这种状态，杜飞[②]一句被视为公理的名言说得特别清楚，他说："画家必须放弃他心里想画的，让画自己呈现。"心理感应有两种图像，一是"原始记忆"图像，例如写生，这种图像存留的

---

① 杰克逊·波洛克（Jackson Pollock，1912—1956），美国抽象表现主义画家。
② 劳尔·杜飞（Raoul Dufy，1877—1953），画作最初属于印象派，后尝试立体派，最后加入野兽派青年画家行列。他特别擅长风景和静物画，留下许多杰出作品。

时间非常短暂，便是画家画下来的这段时间。另一是"衍生记忆"图像，也被称作"遗留像"：我们的记忆像摄影机那样将之收录下来，然后，当我们想参考这些数据时，再将之投射在一个心理屏幕上，便能看到它们所有复杂丰富的内容。小孩子身上常会自然出现这种遗留想象力，但我们也可以设法培养。对书法的研究和演练，以及道家和儒家所教导的打坐冥想，很可能增进了中国画家的这种能力。此外再加上中国绘画的各种技巧：其工具本身——墨和毛笔——便既不允许迟疑也无法修改，也就是很大程度上排除了凭"原始图像"作画（写生）的可能性，而相反需要即刻反应，不做涂改。对于画家，这其实是将落笔之前胸中已成形的图像一笔画下来；当毛笔与宣纸交会时，必须笔力万钧，一次挥就，不再回头，"就如同老鹰之冲向野兔"。

杜米埃①的一段生平轶事也显示这种创作形式在西方绘画中并未完全缺席。杜米埃有一天到乡下一位邻居家里去，问他们是否能借给他一只鸭子看看，因为他要作一幅石版画，但是忘记鸭子确切长什么样的

---

① 奥诺雷·杜米埃（Honoré Daumier，1808—1877），法国讽刺漫画家、雕塑家和版画家，曾因攻击时政的讽刺漫画而入狱。

了。邻居朋友将他带到院子尽头的池塘边,杜米埃专心地观察鸭子,邻居于是问他:"我去给你拿纸笔来?"杜米埃答道:"谢谢,不用,我从不写生!"最后,鸭子的样子印在他脑海里了,他便告辞出来。一周后,《喧哗日报》刊出杜米埃画的鸭子,栩栩如生,几可乱真。

哲学家亚兰[1]认为,在目睹和想象之间有很大差别。他讥讽那些吹嘘看过先贤祠,却从不曾到过这座著名建筑前的人说:"那么您说得出来先贤祠有多少根柱子吗?"(萨特在《想象》中也有同样看法。)可是对于中国宋代的画家,或者达·芬奇、杜米埃,他们多半是不会去数心中那座先贤祠的柱子的。

---

[1] 亚兰(Alain,原名 Emile Auguste Chartier,1868—1951),法国哲学家和散文家。

等待吴先生
曲言，留白，缺席的艺术

上个月，我在这里谈到达·芬奇和杜米埃，提到"遗留像"——亦即有的画家能够单凭记忆画出他看过的景物，而且达到高度的准确性。我当时应该再强调，这种形式的想象力绝对不仅限于视觉艺术，在其他领域，特别是在作家身上也能见到。福楼拜对此曾有过说明，他说："当我写到包法利夫人服毒的那段时，我口里真有砒霜的味道，我自己也好像中毒了——接连两次犯了消化不良，真的消化不良，把吃下去的晚餐都吐了出来……有的细节我不写出来。譬如，小说里的郝麦先生感染天花。在我写下一段的时候，我仿佛看到了全套家具（以及家具上的污点），但书里对这些没有一个字的描写……"

艺术家仅用眼睛看是不够的，还必须用间接的"曲言法"（就是福楼拜那句"有的细节我不写出来"），才能将题材充分呈现出来。巴尔扎克拥有视觉记忆，但他完全不理会迂回达意这一套。他的平铺直叙有时

13

连最忠实的读者都感到生气。史蒂文森曾私下对熟人说："巴尔扎克就像一个到处采蜜的莎士比亚，被压在大量细节下面，很多描述都显得勉强，虽然可信度很高。他有时候写得很糟，十分做作，让人厌烦——不过，当他忘情地随性而为，这是一定的，就非常精彩有力了。即使如此，巴尔扎克从来不会让故事一目了然。他不懂得暗示，最后往往陷入一大堆不适当的旁枝细节之中。啊呀，我的天！其实艺术只有一种：便是省略的艺术！噢，假如我有删节的才华，我不会再祈求其他本领。一位知道如何删节的作者有能力将普通日报变成荷马史诗。"

这种"留白"的表现力也从查禁上得到证实：当包法利夫人和情人消失在拉上了帘幕的密封马车里几个小时，审查大员们开始慌张了。这究竟是本什么样的书？（像让·热内那样）经过删减的清洁版最后反而比原版更惊世骇俗吗？其实任何作家的文字震撼力都比不上读者的想象力；因此作家的艺术便在于如何巧妙运用这一点。

我最近连续三个晚上重看了根据英国作家伊夫林·沃①的小说《旧地重游》改编的电视剧，对其

①　伊夫林·沃（Evelyn Waugh, 1903—1966），英国作家，长篇小说《旧地重游》亦依据原文译为"重返布莱兹海德庄园"（*Brideshead Revisited*）。

中一个次要人物——布莱德汉的未婚妻莫普拉特太太——印象特别深刻（伊夫林·沃小说里的配角总是写得非常生动灵活，有一种令人难忘的风趣）；但是我记不得饰演这个角色的女演员的脸。贝莉·莫普拉特原是位家庭主妇，一位爱收集火柴的元帅的遗孀，她身材丰满，驻颜有术（也从不承认真实年龄）。贝莉激起了天真未婚夫热烈的爱，却使未来的公公对她充满敌意，未来的小姑也不时冷嘲热讽，恶言相向，但叙事者对她怀着好感。我记不得这张脸也不奇怪：因为没有任何女演员饰演过这个角色，事实上她从头至尾就未在舞台上出现过。电视影集非常忠于原版小说，莫普拉特太太仅是透过其他人物零星且相互矛盾的议论呈现。

奥森·韦尔斯[①]和彼得·博格丹诺维奇[②]谈到自己在《第三人》中饰演的角色哈利·利姆时，也有相当类似的情况。博格丹诺维奇夸赞奥森·韦尔斯的演技，他一人便镇住了整部片子。韦尔斯立刻谦虚地说，其实正相反，影片的效果来自在银幕上看不到他的时候。

---

① 奥森·韦尔斯（Orson Welles，1915—1985），美国作家、制片家、导演、剧作家、演员。1941 年自导自演的《公民凯恩》（*Citizen Kane*，又译"大国民"）被评为 20 世纪最重要的十部影片之一。

② 彼得·博格丹诺维奇（Peter Bogdanovich，1939—2022），美国著名演员、导演。

他说："就像在舞台上，吴先生这个人物，老演员们都知道，他向来是在第一幕快结束时才出场。其他演员在台上热场四十多分钟，互相问说：'看到吴先生没有？''吴先生来了会如何反应？''他什么时候来呀？'最后，实在不能再等了，一声震耳锣声，吴先生出现在一座中国桥上，穿着一袭华美的古代官服，桃花（或什么别的名字？）赶紧在他面前叩拜，众人大呼：'吴先生！吴先生！'帷幕落下；观众热烈鼓掌，大赞'好演员'！"

唯一的保护伞
艺术在极地探险，以及在日常生活中的重要性

各位大概还记得，数年前，休·格兰特在洛杉矶被警方逮捕，因为他在公众场所和一名欢场女子行为不检，有伤风化。对于普通民众，这样的事尴尬一场也就过去了，但对这样一位红遍半边天的电影明星，后果便十分严重，他在好莱坞的事业突然陷入低潮。在这段消沉的时期中，一个美国记者问了一个非常美式的问题："您现在是否会去看心理医生呢？""不会，"休·格兰特一口否定，"在英国，我们是看小说。"

比他早半个世纪，荣格 ① 对同样的观念做了比较技术性的推理，他说："当一个人和神秘世界完全脱节，生存环境便缩小到仅有的现实境界，他的心理卫生也就面临极大的危险。"换言之，一个人若不看小说，也不读诗，便等于硬碰硬地撞在现实的墙壁上，

① 荣格（Carl Gustav Jung，1875—1961），瑞士心理学家，研究领域包括精神病学、心理学、精神疗法、分析心理学；对中国道教、佛教、禅宗皆有深入研究。

碰得头破血流，要不就是整个被沉重的现实压垮。这时得向荣格和其他心理学家们紧急求助了，收拢破裂的碎片，重新组合。

当小说家和诗人减少了，精神病病例是否相对增多？临床心理治疗的发展和创作力的干枯看来确实有一种消长关系；至少声名卓著的专家们是如此认为的。赖纳·马利亚·里尔克①有一天要求安德烈亚斯-莎乐美②替他做心理分析，后者不答应，理由是："我担心一旦分析成功，你会写不出诗来了。"（想想，如果卡夫卡的存在焦虑症被一位高超的心理医生治好了，现代人的生存条件不就失去了最佳代言人？）

很多身心健康，适应力特别强的人好像不需要想象世界的生活。譬如，圣人是不写小说的，约翰·亨利·纽曼③很早就注意到这一点——这位学识渊博的枢机主

---

① 里尔克（Rainer Maria Rilke，1875—1926），德语诗人、小说家、剧作家，对19世纪末的诗歌风格及欧洲颓废派文学有深厚影响。

② 安德烈亚斯-莎乐美（Lou Andreas-Salomé，1861—1937），原籍苏联的德语女作家，二十一岁时和三十八岁的尼采及另一位富有的德国哲学家保尔·李发生柏拉图式三角恋。

③ 约翰·亨利·纽曼（John Henry Newman，1801—1890），早年隶属英国圣公会，1845年皈依罗马天主教，1879年擢升枢机主教。他深入探讨信仰本质和教义的发展，勇敢地为理智辩护，对天主教知识分子，尤其是来自英国国教的作家们影响巨大。

教自然知道他在说什么，因为他几乎是位圣人，而他出版了两本小说。更特别的是，凡事讲求实际和说做就做的行动派人士对各种形式的虚构都有敌意，认为那些编造的故事和情节只是在逃避现实：因此危险轻浮，头脑不清。从这个观点来看，南极探险家莫森是个有名的例子，他严格要求自己的子女只读伟人传记和历史书籍——因为唯有这类书才能确保认知能力的健全发展。

这种看法值得我们留意一下，因为这反映了两种很常见的误解。首先完全没有想到，所有文学作品，就其定义本身而言便是想象的成果（即使开始时不是，在一位好作家的手里，迟早会变成虚构的：西默农^①最喜欢看的东西包括电话簿）。读物的分类——小说或历史，散文或诗歌，虚构或论述——是图书管理员为了方便而定下的成规。其实，小说家是现世的历史学家，历史学家则是过往世界的小说家，而所有的文字都有一种特别倾向于诗的文学质量。

莫森观念的第二个错误在于对所谓"健康"的看

---

① 西默农（Georges Simenon，1903—1989），比利时法语作家，以侦探小说系列"梅格雷探长"闻名于世。作品产量超过四百部，用过二十七个笔名，是全球读者最多的比利时作家。

法过于天真。名医法拉伯夫 [1] 早已提醒我们："健康只是一种暂时状态，并非什么好兆头。"但问题还有更为根本的一面——乌纳穆诺 [2] 说得好："身为一个人，和驴子或螃蟹比起来已经是个病态动物；因为意识是一种病。"

既然莫森将我们带到了南极，在离开这个地区之前，必须谈谈沙克尔顿爵士 [3]——这位以另类方式引人深思的探险英雄。有一次，他带领的远航船碰到海难，他和队员们必须除掉船上所有非必要物品，尽量减轻承载量，但他坚决不肯丢弃一本随身带着的布朗宁诗集。我相信，有一天，必有哪位大学教授出来写篇论文，谈"诗歌在南极探险中所扮演的角色"——不过，我现在还是别太离题。

我要强调的很简单：我们内心的平衡永远都是短暂和脆弱的，因为我们不断碰到日常现实里的种种考验和攻击；为生存而奋斗永远得不到确定的成果。将

---

[1] 法拉伯夫（Louis Hubert Farabeuf，1841—1910），法国外科医生，将卫生观念和研究引入法国医科的第一人。

[2] 乌纳穆诺（Miguel de Unamuno，1864—1936），西班牙诗人、小说家、剧作家、文学批评家和哲学家。存在主义者，《生命的悲剧意识》为其代表作。

[3] 沙克尔顿（Ernest Henry Shackleton，1874—1922），英国南极探险家，出生于爱尔兰，以带领猎人号船和坚忍号船的南极探险闻名于世。是南极探险英雄时期的代表人物。

我们共同的生存条件做了最佳描述的，最后可能还是巴尔加斯·略萨① 笔下的一个人物，他说："生活是场使得污秽满天飞的龙卷风，而艺术是我们唯一的保护伞。"

① 巴尔加斯·略萨（Mario Vargas Llosa，1936— ），拥有秘鲁与西班牙双重国籍的作家，2010 年获诺贝尔文学奖。

天堂笔会

诺福克岛：松树，笔会，谋杀悬案

作家笔会？这辈子我从未涉足过这一类的同乐会。我一直认为，对于这种活动，保罗·克洛岱尔 [①] 已经把话说完了："绝对不要同时邀请数位作家；驼子永远情愿和瞎子而不想和其他驼子在一起。"但这一次，举行的地点在诺福克岛 [②]：到南太平洋一个与世隔绝的小岛上去开会看来荒唐得让人难以说不，我自然未能抗拒得了——后来也一点没有后悔。

首先，其他参加的驼子们都还蛮有趣。其中有位辩才无碍的猫心理医生——他开始时是治疗人，但一言不发地听病人滔滔不绝的愚蠢独白（他经常睡了过

[①] 保罗·克洛岱尔（Paul Claudel，1868—1955），法国诗人、剧作家、散文家、外交官，1895 至 1909 年到中国担任领事。姐姐卡米耶（Camille Claudel）是大雕塑家罗丹的助手和情人。

[②] 诺福克岛（île Norfolk），至 1979 年为澳大利亚海外领地，现实行内部自治，但对外关系仍归澳大利亚管理。面积 34.6 平方公里，人口 2141 人（2009 年 7 月统计）。

去），他实在受不了了，最后决定转做猫心理医生，猫也会焦虑紧张，但还蛮可爱，至少懂得沉默。另有一位南极探险队中的女厨师——在暴风雪侵袭的冰地上为五十名探险队员做饭，食材永远在冰冻状态，种种你想都想不到的补给上的问题；还有位瘦弱忧郁的钢琴家；两位诗人；一位很成功的侦探小说家；一位曾替数个名人罪犯辩护的重罪法庭老法官；一位嗓音依旧嘹亮的退休歌剧演员；一位很受欢迎的烹饪电视节目的女主持人，她写了本畅销书，关于她和一名原住民在贝比尼昂（或卡尔卡松，我记不得了）一段崎岖（但十分浪漫）的大胆恋情，等等，总之我们一点没有感到无聊。大家做完自我介绍，稍事交谈之后，便展开一场热烈的辩论，听众非常踊跃，也很专心：诺福克岛的一千八百居民空闲很多，但平时没有任何娱乐消遣。

笔会活动仅占全程的一半，我们可以利用其余时间到各处游览。这个小岛的面积不过三十五平方公里，在高低起伏的乡野中间穿插着几条小路。当库克船长十八世纪发现这个岛时，岛上长满了巨大的松树，他起初以为英国海军制造船桅的材料从此来源不断了，但很快发现只是空欢喜一场：这种树的纹理使它不适合用来作为建材。这就像庄子的寓言中所说，华美大树得以长寿，正是归功于其木质一无是处，这些数百年的老树今天仍然因它们崇高的无用而受到保护。

岛的周围全是悬崖峭壁，形成一座天然监狱——十九世纪时也确实是澳大利亚殖民时期流放犯人的监狱，那时的诺福克岛专门监禁累犯强盗：我们不能说岛上残暴的政权是多么兽性——这是在污蔑野兽，那些残酷的刑罚恰恰是野兽发明不出来的，只有我们人类这个致命的物种才想得出来。

经过了四十多年，诺福克监狱实在太难维持，最终被放弃，岛又回到了孤立状态——也没有持续多久：1856年，叛舰邦迪上九名成员的后裔从人满为患的皮特凯恩岛（只有诺福克岛面积的七分之一）带着大溪地配偶来到岛上，经维多利亚女王允许，在原来的监狱定居下来。这样，一度是地狱的诺福克岛变成了世外桃源。

岛上所有要人都很骄傲地保留了过去该上绞架的囚犯的姓氏：克里斯蒂安，史密斯，马克柯依，昆塔……他们虽然待人和善，但所组成的小社会非常封闭，更甚于排他性很强的英国贵族乡村俱乐部。他们之间讲一种古英语和大溪地语混合的方言，腔调特别柔软，这是他们的秘密语言。他们在重大典礼中齐声合唱的皮特凯恩族歌，带着波利尼西亚曲调的忧伤，非常感人。

　　岛上没有街道也没有路灯，没有警察也没有监狱，不必交税也没报纸可看，好像过着田园诗里的生活，完全符合卢梭论所描绘的世界。然而，这个族群一百五十年来未发生过任何罪案的宁静，两年前被一件始终未能破案的谋杀案[①]给动摇了。现在，笔会结束了，最后一位作家刚离开，旅游及公共工程部长的儿子拿了把长枪将父亲击毙在办公室里！怎么突然之间，诺福克岛的纯真就要消失了？

　　也许把文学带到这个小岛来不是什么好事。卢梭不是除了《鲁滨孙漂流记》，禁止他书中的爱弥儿看任何其他的书吗？

---

　　①　作者 2007 年注：今天已经破案。但受害人和凶手均非岛上居民。

雪泥鸿爪

微妙心理。"香烟是人最危险的毒药。"您会说，这句金玉良言早已是老生常谈了。不错，但很多人不知道的是，当初说这句话的人是：纳粹独夫希特勒。

同样的，被判"反人类罪"的战犯阿道夫·艾希曼等候执刑期间，在监狱图书馆借了一本《洛丽塔》[①]来看。据纳博科夫的传记作者指出，他看了几页，把书扔开，很生气地说："真是恶心！"

抄袭。一名年轻记者采访伟大编舞家和舞者玛莎·葛兰姆[②]，谈到艺术抄袭。这位现代舞创始人将手放在年轻人的手臂上，答道："我们全都在抄袭。但是最后遭到批评的仅有两件事：抄的对象是谁，以及抄

[①] 《洛丽塔》(Lolita)，俄裔美国作家纳博科夫（Vladimir Vladimirovtch Nabokov，1899—1977）1955 年的成名小说，描述有恋童癖的中年男子亨伯特·亨伯特爱上并疯狂追求房东早熟的十二岁女儿洛丽塔的故事。
[②] 玛莎·葛兰姆（Martha Graham，1894—1991），美国舞蹈家和编舞家。

来做了些什么。"

艾略特 ① 也说过很相近的话，他说："不成熟的诗人模仿；有成就的诗人善于偷窃。"

歌德。爱默生的哥哥决心献身宗教事业，他到德国住了一段时期，进修神学，结果信仰产生动摇。他去请教歌德，诉说自己的怀疑。歌德鼓励他继续维持原来的道路，对他说："信念是您个人的事，和您以后负责的教区没有关系。"歌德的这种立场让我们进一步明白了许多事情：为什么纪德那么崇拜他，而克洛岱尔简直憎恨他。

从宽处置。根据民间传说，喜鹊习惯将各种各样无用的小玩意儿收进鸟巢里（罗西尼的一出歌剧和《丁丁历险记》中的一本连环图也作了见证）。我和喜鹊一样，也喜欢将报上一些奇笨无比的小消息剪下来，其荒唐可笑实在让人抗拒不了。

这些资料对我一点用也没有；每次随手收进一个抽屉里，渐渐占去许多位子，最后到了不得不丢的地步。在一次定期清理中，看到一则澳洲某日报的剪报，当时

---

① 艾略特（Thomas Stearns Eliot，1888—1965），英国／美国诗人、评论家、剧作家，对现代文学史影响深远，1948年获诺贝尔文学奖。

未记下日期（但是从周围情况看出是在戴安娜王妃意外死亡那几天）。重读这则消息，发现其魅力丝毫不减。

"五十九岁的安娜·杜奈，家住昆士兰，在一家餐馆里用切肉刀把男友刺伤，因为他不肯将侍者上菜时多出的一份炸薯条退回去。这件案子昨天在塔斯马尼亚岛的伯尼重罪法庭开庭审判。向陪审团陈述的事发经过是这样的：同样五十九岁的鳏夫布兰·金故意将装盐的小瓶子的盖子扭松，使得安娜·杜奈太太把整瓶盐都倒进了盘子里；后者一气之下把西红柿汁挤到对方脸上。替她辩护的女律师塔玛拉·嘉珂指出，被控伤害罪的杜奈太太应该得到法庭从宽处置，因为她之所以如此，缘于她刚获悉戴安娜王妃车祸死亡的消息，受到极度刺激。"

这是谁的？"哲学家认为，愚蠢的肥沃山谷提供给哲学家的粮食，多过于聪明的干枯高峰。"很多人都会认为这句话是米肖 [1] 说的，也是他最精彩的一句，而事实上，这是维特根斯坦 [2] 的一句格言。

---

[1] 米肖（Henri Michaux，1899—1984），法国诗人、画家。

[2] 作者注：Wittgenstein, *Remarques mêlées*, Flammarion 出版社，2002 年，第 154 页。后为译者注：维特根斯坦（Ludwig Josef Johann Wittgenstein，1889—1951），奥裔英国哲学家、数学逻辑家，语言哲学奠基人。

叔本华 [①]。如何以健康心态与书本亲近，叔本华有一些看法，今天看来依然非常贴切。他说："懂得不看什么书非常重要。也就是说，不去关心在某个时刻吸引广大民众注意的东西。当所有人都在谈某部作品时，不要忘了，不论什么人，只要是写给笨蛋看的，都一定会有读者。因此，要看到好书，先决条件是，别把时间浪费在看坏书上，人生苦短，我们必须节约！"然后，他加了一句结论——对我恰如放了一支冷箭，他说："只有真正用心写的文章才值得一读。"

---

① 叔本华（Arthur Schopenhauer，1788—1860），德国哲学家，他对压抑欲望和冲动的研究预言了精神分析学和心理学。

小说家的真理

一本谈游艇的英国杂志《游艇世界》刊出了一篇很有趣的文章：《和帕特里克·奥布莱恩同游》。是否还需要介绍奥布莱恩[①]（1914—2000）呢？他在法国度过一生最后也是最长的一段时期。他于1950年定居地中海边的克利乌尔，生活刻苦而隐秘，不仅远离文学界的社交圈，也从不接受任何媒体采访，认为"一问一答不是一种文明形式的对话"。说得有道理。他的巨作——二十本拿破仑时代两名军官在海上冒险的故事——后来成为全球畅销书（卖出了三百多万本）。我想这套书应该已在法国读者群中引起反响。

奥布莱恩属于这一类既有文学地位，也能吸引广大民众的作家（今天已很少了，十九世纪时比较常见：像巴尔扎克、狄更斯、大仲马、史蒂文森……）。不需

[①] 帕特里克·奥布莱恩（Patrick O'Brian），英国作家、翻译家，以描写拿破仑时代海战和海军生活的"怒海争锋"系列小说闻名。

要是水手，一样能欣赏他写海上生活的书，只要喜欢文学就好。甚至许多对文学没有特殊兴趣的航海员看他的小说也爱不释手，被书中大量有关海洋的知识所吸引，这些生动的描述从头到尾遍布书中，使得故事非常接近现实。

《游艇世界》杂志该文作者汤姆·珀金斯①属于第二类的读者。这位美国亿万富翁自幼喜欢帆船，至今在管理他创立的"硅谷"电子王国的余暇依旧扬帆出海。他是奥布莱恩的忠实读者，对他崇拜不已。有一天想到向当时已八十一高龄的老作家发出邀请函，赠送十五天的地中海旅游，将自己的游艇——连带艇长和船员——交与他自由使用。珀金斯知道这位克利乌尔隐士向来不爱与人交际，结果万分惊喜地接到他的回信，信上这么写着："我接受您慷慨的邀请，急切得也许有点失礼。"

这次游船顺利完成，过程圆满。美国加州热情正直的大亨和高傲孤僻的老作家之间建立了深厚的友谊关系，直到作家过世。

珀金斯承认，这位贵客和蔼可亲但又与人保持距

---

① 珀金斯（Tom Perkins，1932—2016），美国硅谷风险投资公司 KPCB 两位创始人之一。

离的态度，以及他在谈话中所显露的渊博文化素养，起初让他局促不安。但最感惊异的——也是他文章真正的主题——还是这位擅长描写海上冒险的大作家拥有丰富的航海知识，却没有任何航海经验，不论是帆船还是轮船（这点并未妨碍他深深享受此次的游艇旅游）。

奥布莱恩过世之后，传记作者们不仅告诉我们他一生从不曾航海过，而且发现他的本名不是帕特里克·奥布莱恩，而是用了一个完全虚构的爱尔兰身份，他创造书中人物时，事实上是在发明另一个自己，试图抹除他想起来便痛苦的过去：被一桩不幸的婚姻窒息，被穷困压制，梦想着写作。他三十五岁时全无预警地离家出走，抛弃了妻子和年幼的儿子，和所有亲友断绝来往。在永久流亡的孤独中，他苦心孤诣研读历史，进而建立了想象的航海世界。

珀金斯发现他的客人对海洋生活一无所知（他站在船舱前面，连风向都不会分辨！）给我们增加了一段名人轶事，但是也透露一位阅读范围仅限于股市行情和电子程序设计的工业家的天真。所有具备文学素养的人都不会奇怪作家和其创作之间的巨大差距；再者，产生伟大作品的不是生活中的冒险经验，而往往是黑色的痛苦、焦躁、日复一日的孤独寂寞。小说家的天才——如同乔治·奥威尔^①谈到劳伦斯^②时所说——在于"通过想象认识无法通过观察认识到的东西"。

然而——我们都得承认——作家这种天才式的想象知识在印刷的纸面上特别有效，在一艘船的船舵前，就没什么用处了。

认识和误解中国

> "知之者不如好之者，好之者不如乐之者。"
>
> 孔子

李约瑟[①]写的《中国的科学与文明》，在所有西方汉学家的著作中，是很少有的一部被中国知识分子认真看待的作品，他有一句话，我觉得应该刻在每一所研究中国的机构的大门上。他说："中国的文明所以具有无以抗拒的吸引力，因为它完全'另类'，而只有完全另类的才能让人深深喜爱，同时有一种强烈的想去了解的欲望。"马尔罗[②]在一般情况下思想有些含混不清，但是薄雾之中也会有闪电穿过，他同样有一句

---

① 李约瑟（Joseph Terence Montgomery Needham，1900—1995），英国现代生物化学家、汉学家和科学史专家。其《中国的科学与文明》（即《中国科学技术史》）对现代中西文化交流影响深远，他关于中国科技停滞的"李约瑟难题"也引起广泛讨论。

② 马尔罗（André Malraux，1901—1976），法国名作家，曾在戴高乐时代任文化部长，代表作《人类境况》获 1933 年法国龚古尔文学奖。

发人深省的话："中国位于人类经验的极地。"这些观察包含了两个必须同时了解的事实：第一，人类经验只有一个；第二，其各种表现方式，正因为完全不同而更加丰富，更有激励作用。（譬如性别差异在我们的生活经验上所带来的滋味和诗意……）如果将文明现象比作攀登圣母峰，我们可以说，西方的绳索最后和中国的绳索在山顶会合，途中没有纠缠，因为各自攀登的是两个相对的峰面。当双方最终相遇，得以彼此交换经验，可以想象场面是多么热烈有趣，含义多么深刻！

中国知识分子和艺术家之发现西方文化，和西方人之发现中国，历史并不长。虽说对另类的认知——所谓"对差异的体会"——是一种灵感、知识和创造的强烈催发剂，相互支持必须格外努力，长期下去也不是没有风险。像上个世纪初，谢阁兰[①]的中国研究起步辉煌，最后却草草收场（他的书信最近被整理出版，对这段时期作了进一步说明，使人看了十分难过）。谢阁兰喜欢音乐，却无法欣赏中国音乐；他是诗

---

① 谢阁兰（Victor Segalen, 1878—1919），法国医生、小说家、诗人、考古学家、人类学家。1909年以海军军医身份抵达中国，后进行墓葬艺术与佛教艺术考察；诗集《碑》（*Stèles*）1912年在北京问世。

人，却对中国诗一无所知；他在中国历史上一个非常关键的不幸时刻生活在当地，却对发生在他眼下的事情毫不关心。他毫无眷恋地离开中国，认为已经没有什么可以学的了——而事实上，他从来就没有真正进入过这个国家。

今天，于连[①]有关中国的著作看来反映了一场同样不幸的迷失（但并未带来文学上的报偿）；毕来德[②]在其《驳于连》（阿利亚出版社）一书中作了很好的分析。毕来德和于连一样是哲学家，和他不同的是，他了解中国，而且法文程度好（我在想，于连的学术权威到底在多大程度上是由于他所用俚语之晦涩难懂所造成的）；毕来德有礼但严厉地指出，于连书中的中国是一个抽象的建构，和中国文明变动中的文化与历史现实没有什么关系。于连到处从中国典籍中收集写书的材料（有时就从同僚的研究成果中窃取），然后断章取义，不顾时间先后地加以使用。他将这些零星资料做一番大拼贴，定名"中国思想"，事实上只是于连自己的思想。

[①] 于连（François Jullien，1951— ），法国汉学家与哲学家，巴黎第七大学东亚语言与文明系主任。

[②] 毕来德（Jean-François Billeter，1939— ），瑞士汉学家，1987 年创办日内瓦大学的汉学部。

我不认为于连的错误在于（如毕来德所说）以中国的"另类"作为起点。"另类"远远不是神话，而是个含义深刻的现实，能够激发李约瑟所说的追求知识的热烈欲望。不是这个，问题的根本在于于连感兴趣的不是中国本身：他将这种看法当作一种"理论便车"，让他可以从外面观察我们的认知程序。而毕来德一语中的地指出："要回到自己本身，必须从外面开始。"

字

报上刊出了最近一次对英美读者所做的调查的结果，选出英文里"一百个最美的字"。浏览这张单子，排在最前面的不外乎"母性，和平，自由，春天，未来……"，证明这个有点无聊的活动注定没有意义，理由很简单，因为它是建立在对字的价值的一个虚幻评断上的：字本身其实几乎没有任何价值。从这个意义上来说，字就如同德拉克鲁瓦①之谈论颜色，他说："给我泥巴，我能将之变成女人光滑的肌肤——只要你们让我自由选择放在旁边陪衬的颜色。"

字本质上是无性别和无立场的。它们所承载的最鲜活和最浓密的感情来自周围的环境。种族歧视和性别歧视是灵魂的麻风病，必须给予无情的打击，但是打击种族歧视和性别歧视的字眼往往弄错了目标：因此这份美国杂志——立意非常好——禁止一位作者引用"'水仙号'的黑水手"，或者这些用心良苦的法国

---

① 德拉克鲁瓦（Eugène Delacroix，1789—1863），法国画家，浪漫主义代表人物。

报纸，以为将一些阳性的字（如作者、作家）加上一个"e"改成阴性，就是在帮助妇女们争取权利地位。字是无辜的，字典里没有任何隐晦邪气的含义，邪气全在大家的意识里，要改的是人心，而不是字。

有的话的意义和作用不在组成句子的字和词，而在于说这话的环境。司汤达[①]描述缪拉[②]率领骑兵队作战时的情景，为了激发士兵们的热情和勇敢，缪拉高声大喊："我的屁股好圆啊，圆得像苹果！"[③]在敌人猛烈的炮火下，这些非常粗俗的字突然变得崇高起来，士兵们也就不顾生死舍命追随。尤内斯库[④]以令人回味无穷的方式做了个二分法，一边是字本身的意思，一边是演员有意或用某种腔调所暗示的意思。法朗士[⑤]曾注意到这个现象，在《朋友的书》中，叙事者描述他少年时期，如何仰慕到他家客厅来演奏的美

---

① 司汤达（Stendhal，原名 Marie-Henri Beyle，1783—1842），法国 19 世纪作家，代表作为《红与黑》和《帕尔马修道院》。

② 缪拉（Joachim Murat，1767—1815），法兰西第一帝国元帅（1804—1808），那不勒斯国王（1808—1815）。

③ 作者注：梅里美在回忆司汤达的记载中所记。

④ 尤内斯库（Eugens Ionesco，1909—1994），罗马尼亚裔法国剧作家和作家，荒谬剧代表人物，其《秃头歌女》《犀牛》《椅子》《上课》等名剧从二战后创作以来，至今上演不辍。

⑤ 法朗士（Anatole France，1844—1924），法国作家、文学评论家、社会活动家。

丽女钢琴家。有一天，一曲终结，钢琴家转向这位少年爱慕者，出其不意地问："你喜欢吗？"少年激动不已，仓皇答道："噢，是的，先生。"他一时说错的这个称谓让他难过极了，发誓再也不出现在这位美丽女士面前。四十年后，他偶然在一个社交场合遇到这位钢琴家，两人聊了一些钢琴家多年来的辉煌事业，后者说，她后来对观众的掌声也有些麻木了，但在她出道时，有一个男孩对她的仰慕却令她永志不忘，他竟然感动得误称她为"先生"。

在生命即将结束时说出来的话最让人记忆长久。《天鹅之歌》不仅限于西方才有——《论语》中曾有言："鸟之将死，其鸣也哀；人之将死，其言也善。"莎士比亚有句相对应的话："垂死之人，其言也顺。"此外，在英美法律上，临终遗言具有特别的证据效用，因为"人都快死了，没有理由说谎"。

因此，名人弥留之际的遗言被人很虔诚地保存下来。歌德最后发出的两个字"Mehr Licht"（"给我光"，如果他真这么说了）被作了很多诠释，认为有一种对智慧的神秘追求，但他也许只是想叫人拉开窗帘而已。托马斯·曼 [1] 在

---

① 托马斯·曼（Thomas Mann，1875—1955），德国作家，1929年诺贝尔文学奖得主。

他咽气的床上有一句"我的眼镜呢？"则仅是关系一件极其普通的现代物品。平时言行狂妄的布兰登·贝汉[1]最后不忘谢谢替他擦掉额头汗水的修女，说的却是："谢谢您，希望您的儿子们全当上主教！"

在我看来特别动人的是维西利斯公爵夫人[2]之死，根据卢梭的见证，这位老太太在生命的最后两天仍然不停地和人谈话，"她生性坦诚，情绪平稳，如此的快乐天性使得天主教变得可亲"。当她已经不能说话了，进入弥留最后的挣扎时，她放了一个屁。她翻过身来说："行，放屁的女人没有死。"这是她最后一句话。

最令人遗憾的应该是潘乔·维拉[3]。临刑前，他一时词穷，想不出要说些什么，便请求现场的记者们"别让事情这么结束！就写我说了些什么吧！"但是记者们未按平时习惯那样编造一句漂亮的话，只是一五一十地如实报道，指出他灵感枯竭了。所以我们对记者永远要有防备之心。

---

① 布兰登·贝汉（Brendan Behan，1923—1964），爱尔兰作家，1939年因为加入青年爱尔兰共和军被判入狱三年，作品以叛乱分子的故事居多。

② 维西利斯公爵夫人（Vercellis），法国大哲学家卢梭十六岁时曾担任夫人信稿抄写员。

③ 潘乔·维拉（Pancho Villa，1878—1923），1910—1917年墨西哥资产阶级革命中著名农民领袖，从罪犯成为联邦军队的将军。

丑陋的王国

生活在太平洋沿岸的印第安人在水上非常勇敢。他们以美洲西北部森林中随处可见的雪松来建造作战用的大型独木舟。每次开工前，必定在选中的雪松脚下举行仪式，说明这么做是因为有紧急需要，希望得到大树的谅解。值得注意的是，在太平洋的彼岸，新西兰的毛利人砍伐当地盛产的贝壳杉来做独木舟，也不约而同地每次先郑重举行仪式，请求宽恕。

如此文明精致的习俗应该让我们感到惭愧。有天早上我就有这种感觉；我被隔壁花园里的锯木声吵醒，从窗口看见邻居正在锯一棵树——显然没有任何先行仪式。半个世纪以来，这棵枝叶茂盛的大树给了大家院子整个角落的阴凉。这时树上栖息的鸟受到惊吓拍翅乱飞，因鸟巢被摧毁而发出刺耳的警告声。这种北半球才有的不知名的乌鸦类大鸟，远不像乌鸦那样聒噪，平时叫声出奇地柔和。我这位邻居不是什么粗鲁的坏人，我们之间一直维持着彬彬有礼的关系，但我真想知道，他到底为了什么如此破坏生态环境？他多半看出了我的好奇，得意地说，没有了树，他家的花圃以后可以多晒到一点太阳了。克洛岱尔在日记中记下了一次类似的经验，他在乡间的一位邻居砍掉了一棵他非常喜欢的百年榆树，对方的理由是："这棵树遮住了太阳，而且上面住满了夜莺。"

美丽的东西总是招来灾难，和教堂的钟塔吸引雷电一样。公共工程处让一条高速公路从英格兰的史前建筑遗迹巨石阵中间通过，或一条铁路穿过比利时历史古修院维利耶，僧人放火烧掉金阁寺，市政府将克吕尼的修道院改成采石场，一个被魔鬼附身的人将一桶油漆倒在伦勃朗最后的一张自画像上，或者用把斧头去砍米开朗琪罗的圣母像，这些人全都不自觉地被同一种冲动所控制。

很久以前，有一天，一件很小的事让我直觉地明白一个现象。我在一家咖啡馆里写稿子。和许多懒人一样，我工作的时候喜欢周围热热闹闹的——这样给我一个有事情在做着的假象。因此旁边聊天的声音，角落里开着的收音机对我完全不造成干扰。收音机里整个上午不间断地播放着流行歌曲、股市行情、噪声般的缪扎克背景音乐、球赛消息、有关牛只口蹄疫的谈话，然后又是流行歌曲。而所有这些杂音像没关紧的水龙头不断淌出的温水，也没有谁真正在听。突然——奇迹！——不知道为什么，收音机里的陈腔滥调换上了优美的古典音乐：莫扎特的单簧管五重奏第一乐章立刻以一种笃定的权威占据了我们这个小小的空间，将咖啡馆幻化成天堂的前厅。但其他正在忙着聊天、打牌或看报的客人——耳朵并不聋——相互看了一眼，愣住了。他们的惊异持续了很短的时间，一人旋即猛地站了起来，去把收音机转了个电台，恢复听惯了的市井杂音。大家松了一口气，又可以听而不闻，各自做自己的事了。

于是，我领悟到一个事实并从此深信不疑：没有文艺素养的人并非不懂得欣赏美丽的东西，他们太懂了，甚至立刻分辨得出来，嗅觉之灵敏如同最为挑剔的审美家，不过这种能力只是让他们能够立刻扑上去将之熄灭，以免侵入他们的世界，破坏了他们庸俗丑陋的王国。

无知无识、蒙昧主义、低级趣味或者愚蠢，不是单纯由于缺乏吸收经验知识的机会，而同样是许多活跃的力量，每一次遇有情况便奋起抗拒，愈战愈勇，专断独裁毫不放松。灿烂的才华永远是对低俗卑劣的侮辱。如果在审美方面如此，在道德层面应该也一样。比艺术的美更有过之，精神道德的美尤其会触怒我们这些卑微小民。非要将一切都降低到我们卑下的水平不可，对所有凌驾我们之上的美加以污蔑、嘲笑、破坏，也许是人类天性中最可悲的特点。

品位

　　有的评论只是一味批评作者。瓦格纳说莫扎特"不够严肃"，这算不得什么新鲜评语，却让我们一下子发现了瓦格纳自身的缺点。

　　但有的时候，一个品位很高的人可以由于一个完全值得尊重和令人同情的原因而否定一件杰作。利涅王子①拥有萨尔瓦多·罗萨②的一幅画，画的是沙漠；他心里存疑，因为"一幅没有人物的画让人联想到世界末日"。利涅王子确实很有爱心，我们也因此一直觉得他十分可亲。司汤达曾说："低级品位导致犯罪"。此言不假——应该补上一句：高尚品位则往往只是将人带到维尔迪兰夫人③的客厅。高品位、幽默感以及

---

① 利涅王子（Charles-Joseph Lamoral，prince de Ligne，1735—1814），比利时军官、外交家和文人。

② 萨尔瓦多·罗萨（Salvator Rosa，1615—1673），17世纪意大利巴洛克最狂野的创新派画家。

③ 维尔迪兰夫人（Madame Verdurin），普鲁斯特小说《追寻逝去的时光》中的一个主要人物。书中对她主持的沙龙描写最多，她代表了附庸风雅。

美德有一个共同点，便是不能靠意志力来达成：当一个人意识到自己的优势时，他的高尚品位也就蒸发了。例如，布鲁斯·查特文 [①] 的品位确实非常精致准确，他学识渊博，无懈可击，最后却因为自满和矫情而登上滑稽的顶峰。有一天他很正经地说："在我，最可怕的噩梦便是被关在博物馆的鲁本斯展览厅内过一夜。"这句话有得让人拿来当笑话传播了。

　　相比之下，奥登 [②] 的反应就带劲多了。他去参观艺术史学家贝伦森 [③] 位于托斯卡纳 [④] 的庄园，庄园里每一幅画、每一块帷幔、每一件家具、每一个花瓶和每一样小摆饰，在整个复杂而完美融合的形状和颜色交响曲中各有各的位子。诗人说，里面少了一件画龙点睛的东西，他建议在沙发椅上放一个紫色的绸缎椅垫，上面绣上"拉斯维加斯纪念"的字样。要知道，天才画家们往往很厌恶高品位——法国印象派画家德加便视之为一种缺点；但我在别处已经谈过这个问题了，最好不要在这里重复。

[①]　布鲁斯·查特文（Bruce Chatwin，1940—1989），英国作家，将历史作为旅行叙事的基础，主要写他在澳大利亚和南美的见闻。

[②]　奥登（Wystan Hugh Auden，1907—1973），英裔美国诗人。

[③]　贝伦森（Bernard Berenson，1865—1959），美国艺术史学家，专攻意大利文艺复兴时期。

[④]　托斯卡纳（Toscana），意大利中部大区，以丰富的艺术遗产著称，首府是佛罗伦萨（Florence）。

比"偏好"更为准确的是，品位的极限决定我们的感知是否敏锐。纪德①的老朋友，外号"小夫人"的玛丽亚·冯·里塞尔贝格②在她精彩的《笔记》中说，马尔罗不喜欢蒙田，而且不太情愿承认对他的看法。纪德认为这算不得什么披露，蒙田的作品里本来就不重视英雄主义。玛丽亚和她这位著名的老朋友最大的不同是，她对别人有一种真心的关怀——对一个记日记的人，这点和智慧一样重要，也因此她的笔记比纪德的日记生动许多。在另一处地方，小夫人又说，纪德不喜欢马科斯兄弟③的影片——对这点她未予置评。也许和与蒙田保持距离出于同样的原因，马尔罗也认为普鲁斯特的小说不值得一读，将之比作"在荒诞的环境里的荒谬建筑"（克洛岱尔有过类似反应，他说："生活里有很多比这些游手好闲的公子哥儿和仆从值得谈的东西。"），并对罗杰·史蒂芬④说："把吉姆

---

① 纪德（André Gide，1869—1951），法国作家，1947 年诺贝尔文学奖得主。

② 里塞尔贝格（Maria van Rysselberghe），所写《小夫人笔记》于她死后收集在纪德笔记之中出版；文坛惯以"小夫人"称之。

③ 马科斯兄弟（Max Brothers），美国电影、电视和百老汇舞台喜剧演员。

④ 罗杰·史蒂芬（Roger Stéphane，1919—1994），法国作家和记者，《观察家》周刊联合创办人。

老爷①放在盖尔芒特家，你就等着看他会砸掉多少瓷器。"（这里必须说明一下，最后这句话在诠释康拉德笔下的这个人物时正好说反了：吉姆老爷远不是英雄，而是一个无可救药的爱做白日梦的人，一个在该行动时瘫痪在那里的人。我们也很难想象吉姆老爷在盖尔芒特家会砸碎瓷器。）

天才型的创作者通常会有些没有回旋余地的判决和专断的谴责，因此马尔罗和克洛岱尔的例子不足为奇。令人惊讶的是，在一位专业评论者的身上也见到这类情况。这又得再次回到小夫人身上，她说夏尔·杜博②不喜欢莫扎特和杜米埃（也不喜欢巴尔扎克）。这太离谱了！杜米埃和莫扎特，除了他们的天才散发的光和热以及所铸造的权威，彼此之间没有任何共同点。能够同时将两人从自己的视野中排除，这样的眼光一定有个死角，而这个死角所遮掩的角度之大堪称惊人。

---

① 吉姆老爷（Lord Jim），英国作家康拉德（Joseph Conrad，1857—1924）一部小说中的主人公。
② 夏尔·杜博（Charles Du Bos，1882—1939），法国散文家、文学评论家。

关于萨特

两百五十年前，塞缪尔·约翰逊 [①] 说得不错："烟抽得越来越少，头脑不清的人却越来越多。"巴黎举办萨特展览而印制海报时，热心过度的工作人员把萨特从不离手的香烟从照片上涂掉了，此举后来成为全球笑柄。伦敦的 TLS 最先披露消息，一直传到了《南半球日报》。借这个话题来谈论一位大作家也许有点轻佻——不过我所说的，本身并不严肃。

美国西部的印第安人将精神病患者和智障者看作得到神明启示的人，在部落里会给他们保留一个荣誉位置。法国人对他们的名作家好像也是如此：将他们视为舵手或领导，有任何问题都去求教，当这些先知弄错了的时候——这种情况经常发生——便给他们一般只有童言无忌的小孩子和不必负法律责任的智障者才享有的豁免权。

[①] 塞缪尔·约翰逊（Samuel Johnson，1709—1784），英国作家、文学评论家、诗人和传记作家，英国历史上最有名的文人之一。

萨默塞特·毛姆 ① 对法国很有认识，也很爱这个国家，他赞成这种对待作家的态度，认为英国人不该拿来当笑话：只有腓力斯人才会觉得严肃看待艺术是很可笑的事情。

在大人物的传记中，一件小小的故事所透露的讯息往往胜过堆积如山的资料。中年的萨特好长时间忘了缴税，有一天接到税务局一张数字惊人的大账单，他难过不已，跑到母亲那里求助，结果是母亲替他支付了这笔可怕的税金。从这里是否看出这位资产阶级虚伪的领头人本身的虚伪？不然。只是显示出，这种在生活细节上无责任感的态度往往是这些高智商人的一个最大的特点。中国唐朝诗仙李白说："天生我材必有用" ②，因此相信"千金散尽还复来"。

不负责任——"幸福"的对等词——是勤劳认真的小民完全享受不到的特权，而我们这个低下层世界或好或坏的运转都是这些可怜人的双肩在承担。从根本上来看，萨特的生活是一个长期的童话：没有比他这样在一个安定宽容和富裕的社会做一个异议分子

---

① 萨默塞特·毛姆（William Somerest Maugham，1874—1965），英国小说家、剧作家，代表作《人性的枷锁》带有自传色彩。原为妇产科医生，很早便弃医从文。

② 见李白《乐府·将进酒》："人生得意须尽欢，莫使金樽空对月。天生我才必有用，千金散尽还复来。"

更有趣、更迷人、更独特了——最后得到的报偿也最高。然而，这个奢侈尽管美味，毕竟是短暂的。梅纳德·凯恩斯[1]在给弗吉尼亚·伍尔夫[2]的一封信中预言西方的死亡：年轻的一代要享受父祖辈给他们的生活，但不愿意付出代价，不去继续耕耘建立这个世界所依持的价值。这种情况是持续不下去的；我们今天已经看到了后果。

但是这些问题超过了我的判断力。我再拿起萨特的书有一个不是理由的理由：为了编辑我的《法国文学中的海的主题》[3]第三册，而用一种海员的眼光来重读萨特。这个前提自然很荒谬（但还是很有意思）。萨特非常不喜欢大自然，这点和波德莱尔[4]一样（后者除了城市和人为的东西，其他一概不感兴趣——他写了三首有关海洋的诗也改变不了什么）。但是，海，是被推到极限的大自然。我捕鱼的收获不大也就不足为奇了：

---

① 梅纳德·凯恩斯（Maynard Keynes，1883—1946），英国经济学家，主张政府以财政和货币政策对抗景气衰退。
② 弗吉尼亚·伍尔夫（Virginia Woolf，1882—1941），英国女作家，被视为20世纪现代主义与女性主义的先锋。
③ 作者注：*La Mer dans la littérature française*，2 t.，Simon Leys，ed. Plon，2003.
④ 波德莱尔（Charles Pierre Baudelaire，1821—1867），法国诗人，象征派先驱，代表作包括诗集《恶之花》。

一，萨特的《恶心》里面有几段有关海洋的描写：段数不多，又十分简短，但是这些描写极其强有力，让人联想到德加一些画的风景背景。德加也不喜欢自然环境，但是整个印象派的风景写生中，他给后世留下了最为尖锐的作品。

二，在地中海游泳：萨特在蔚蓝海岸度假时，在一封信里描写他下水游泳，很快便有一种遏抑不了的焦虑，害怕会有螃蟹来咬他的肚子，每次都赶紧草草回到岸上。

三，萨特在夏多布里昂 [①] 位于圣马洛的滨海墓地撒尿：西蒙娜·德·波伏瓦将这段格朗贝岛上的反朝圣说了出来，而莫里亚克 [②] 对这段"萨特小便轶事"作了令人印象深刻的评论，称之为文学感性史上的一个转捩点。但是萨特真的排斥夏多布里昂吗？他临终前的几句话让人怀疑。他说："作为一个作家，就要达到写作艺术的精髓——我说的是真正的作家，像夏多布里昂，或者普鲁斯特。"写作的天才也包括了甘冒遣词用字的风险："其中有夏多布里昂的句子——他的大

[①] 夏多布里昂（François-René de Chateaubriand，1768—1848），法国作家，代表作有《基督教真谛》《墓畔回忆录》等。
[②] 莫里亚克（François Mauriac，1885—1970），法国作家，法兰西学院院士，1952 年诺贝尔文学奖获得者。

胆很有道理 [①] 。"

奥斯卡·王尔德 [②] 曾说，真相很少是纯粹的，而且从来就不会简单。

---

① 作者注：西蒙娜·德·波伏瓦，《告别仪式》，见《1974 年 8 月至 9 月与萨特的谈话》。

② 奥斯卡·王尔德（Oscar Wilde，1854—1900），爱尔兰作家、诗人、剧作家，英国唯美主义艺术运动倡导人。

驳圣伯夫

何维勒裁判普鲁斯特与圣伯夫

要谈普鲁斯特，没有比何维勒[①]的《关于普鲁斯特》[②]更好的书了。我刚重读了一遍，感觉比过去更好。但是有一点令我费解：作者为什么批评普鲁斯特的《驳圣伯夫》？但我们得先来谈谈普鲁斯特对文学创作的看法。

普鲁斯特认为，作者的聪明才智在创作过程中居于次要地位。许多作家也都同意这一点。科莱特[③]对艾曼纽·贝尔说："你太聪明了，当不了好小说家。"克洛岱尔也说："聪明不是一位艺术家的主要优点，就像谨慎之于军人一样。"当然，这并不是说一位艺术

[①] 何维勒（Jean-François Revel，1924—2006），法国哲学家、作家和记者。

[②] 《关于普鲁斯特》（*Sur Proust, remaque sur A la recherche du temps perdu*），1960 年首版，Julliard 出版社。

[③] 科莱特（Coletle，1873—1954），法国作家、记者、演员和戏剧评论家，曾担任龚古尔文学奖评选委员会主席。她去世时法国政府为她举行了隆重的国葬。

家最好是笨蛋——普鲁斯特自己就非常聪明——而是这些作家凭经验知道，从事文学创作，所动员的并不是聪明才智，而更是感性和想象力。最要紧的是"灵感"。所谓"神来之笔"，直接来自记忆深处或潜意识；要汲取这些来源，最好将聪明才智搁置一旁。阿拉贡① 比艾吕雅② 聪明，可是艾吕雅的诗比他写得好。聪明并不包括写诗的天分，因为这个天分是另一种本质——可以和普通资质并存，甚至有些糊涂的人也能写诗。我有一张塞利纳③ 著作的阅读唱片，不时会拿出来听：《长夜行》（米歇尔·西蒙朗诵）头几页所显示的天才让人感动得战栗，不能自已。接着是对作者的长篇访谈，就变得啰里啰唆，枯燥乏味，看着真是难过。塞利纳和德图什医生难道是两个不同的人吗？

确实是同一个人，圣伯夫会说。因为他认为人和作家二者一体：对前者的全面认识可以帮助我们彻底了解后者。但是普鲁斯特非常技巧地推翻了这个粗糙的机械

---

① 阿拉贡（Louis Aragon，1897—1982），法国诗人、小说家、记者。巴黎达达主义和超现实主义发起人之一。

② 艾吕雅（Paul Eluard，1895—1952），法国诗人，超现实主义发起人之一。

③ 塞利纳（Louis-Ferdinand Céline，1894—1961），原名路易·费迪南·德图什，法国作家、医生，以写作手法新颖闻名。因发表反犹言论而很受争议。

推论，他说："（圣伯夫）不知道和我们自己比较深刻的来往能告诉我们的东西：一本书是另一个我的产品，不同于表现在日常习惯中，在社会生活里的那个带着恶习的我。"这也说明为何有时一部作品的辉煌和作者卑鄙的人格之间会有天壤之别。瓦雷里的一句格言扼要说明了这种矛盾现象："任何人都比不上他自己所做的最美的事。"贝洛克[①]进一步诠释道："一部成功作品的背后不光是有一个人，而是有一个有灵感的人。"贝尔纳诺斯[②]谈到他的《一个乡村教士的日记》时说："我喜爱这部作品，好像不是我写的东西。"然后又说："我的作品并非来之自我：一切美德都超出创作本身。"

爱德华·摩根·福斯特[③]虽然没能看到《驳圣伯夫》这篇文章，但是看法几乎完全相同，他说："一个人必定有两种人格，一个是表面的，一个是深层的。前者做各种外界活动，上餐馆，参加晚会等，后者则机灵而独特。深层人格非常奇怪，从某些角度来看甚

---

① 贝洛克（Hilaire Belloc，1870—1953），法裔英国作家和历史学家。

② 贝尔纳诺斯（Georges Bernanos，1888—1948），法国小说家，政论作家。1936年出版的《一个乡村教士的日记》获得是年法兰西学院小说奖。

③ 爱德华·摩根·福斯特（Edward Morgan Forster，1879—1970），英国作家，其长篇小说多反映英国中上阶层的精神贫乏。

至有些愚蠢，但是没有了这个，也就没有文学，因为若不是偶尔从这个深层人格顺利汲取了灵感，便不可能成就伟大的作品。"现在奈保尔①将《驳圣伯夫》的读后心得作为他2001年诺贝尔文学奖得奖演说（《两个世界》）的基础，据之比较自己的经验，他说："我们每次看一位作家，或者无论哪位必须依靠所谓灵感来工作的人的传记时，心里都要想着普鲁斯特有关创作艺术家的两个自我的谈话。"

何维勒则全盘否定普鲁斯特的理论；他最后下结论说："圣伯夫认为作品来自在餐馆吃饭的那个普通的我，普鲁斯特则认为是来自那个根本不食人间烟火的我。"但是我想，以何维勒这样一个人，尽管非常理性，光就他的个性而言，似乎不应该设想得出小说家的双重人格。他创作的出发点不就是他自己这个非凡的例子？因为他过人的聪明智慧和他之坚持己见事实上是一个整体，没有任何罅隙。他一语中的的幽默有时让我们联想到切斯特顿②，这位智慧巨人也是一块材

---

① 奈保尔（V.S. Naipaul，1932—2018），印度裔英国作家，2001年诺贝尔文学奖得主，《纽约时报》称其为"世界作家，语言大师，眼光独到的小说奇才"。

② 切斯特顿（G.K.Chesterton，1874—1936），英国作家、文学评论家、神学家。好写推理小说，以犯罪心理学推理案情，和福尔摩斯之注重物证推理的派别分庭抗礼。

料做成的，无论对谁说话都是同一语气。非常了解他的一个兄弟说，切斯特顿是个喜欢发表意见的人，他有发表欲。即使在公共汽车里碰到一个陌生人，他也是用同样的热情、同样的精力和同样的口才说话。

Writer's block（作家之结）

为什么用一个英文题目？因为在法文里好像找不到对等的词。"灵感故障"或者"堵塞"被使用的范围太广了。"作家抽筋"确实比较针对文学，但仍然不能充分说明作家什么都不再写得出来时，那种剧烈的突兀感。

中文里描写这种状况的适当词汇也不比法文多，但是公元九世纪，唐朝诗人贾岛便有"两句三年得，一吟双泪流"之叹。

古往今来，世界各地无数艺术家都经历过同样的考验，康拉德是这么描写的："每天早上，我以宗教的虔诚在书桌前坐下来，每一天，我这么一坐八小时——而全部所做的事不外乎：坐着。在每一个这种八小时坐姿的末了，我只写了三个句子，连这三个句子都可能在最后起身前将之涂掉，心里充满了失败感……我痛下决心，使尽全身力气，才终于制止用头去撞墙的冲动。我真想大叫，把内心的愤怒给吼出来，但是我不敢如此放任，担心把婴孩吵醒，惊扰了太太。"

任何成功的例子都无法躲过这种长期的灵感堵塞的焦虑。格雷厄姆·格林[①]说:"对于一位作家,成功从来都只不过是一个推迟了的失败。"儒勒·列纳尔[②]自白道:"照理我应该已经习惯了,但是每一次别人让我写点东西,不管是什么,我都十分慌乱,好像这是我第一次写东西。之所以如此因为我没有进步,只有当灵感到来时才动笔,每次又很怕灵感不来了。"

海明威最后因为写作停滞,无药可救,而举枪自杀。他曾试过一个治疗此疾的偏方:每天写几行,像从井里打水那样。打起一桶水,地下水层立刻恢复原来的水平。如果你一次打过量,井水就有枯竭之虞。

我们继续从井水这个影像来思考,可以说灵感堵塞的作家们有时为了减轻汲水泵浦的压力,转而从事其他的文学工作。像加缪[③],他成功得太早,后来有一

---

① 格雷厄姆·格林(Graham Greene, 1904—1991),英国作家、剧作家、文学评论家,成功将通俗小说和严肃文学相结合。患有躁郁症,影响到生活和写作。
② 儒勒·列纳尔(Jules Renard, 1864—1910),法国小说家、散文家、剧作家。
③ 加缪(Albert Camus, 1913—1960),法国作家、哲学家、小说家、剧作家、评论家,1957 年诺贝尔文学奖获得者。

段时间便在翻译外国剧本。对其他作家，翻译同样有填补空白的功能。音乐创作方面也是一样：苏联大作曲家肖斯塔科维奇①也会遇到创作瓶颈，他这时便做乐谱改编。

"灵感"是一个很难定义的词，但是它之有和没有都是很明显的事实，对那位努力想继续下去的作家而言尤其如此。福楼拜的书信不过是挫折感之下长长的怒吼，来自"一个和所有狮子一样勇敢的可怜人（莱昂·布洛伊②所说），他二十年来拼命从肠肚之中挖掘那蠢蠢欲动又挖不出来的灵感蛔虫"。

所有创作艺术家都是一个会看见幻象的人。北宋山水画家郭熙的儿子描述说，他父亲每次动笔作画前必先洗手焚香，好像在等什么贵客。诗人们对这种吸纳性很强的状态特别敏感——米肖就曾经说："诗是大自然赠送的一份礼物，一项恩赐，而非工作的成果。光是写诗的企图便足以毁掉这份礼物。"

所有真正的创作都会有一种精神恍惚的状态。

① 肖斯塔科维奇（Dimitri Shostakovitch，1906—1975），苏联作曲家。
② 莱昂·布洛伊（Léon Bloy，1846—1917），法国作家，信奉天主教，提倡社会改革。

十七世纪的一位中国画家习惯一边画一边将快要完成的画毁掉，因为他所感兴趣的是创作过程中的精神试验，而完成的作品不过是剩余的渣滓。劳伦斯对这种试验说得好："这种愉悦和紧密的忘情吸收，使工作尽可能接近完美，是和上帝在一起，从未经历过这个的人也就没有体验过生活。"

没有这种精神恍惚的阶段，就没有诗。但是也带出一个何维勒所强调的必然结果："写诗的天才不仅少见，而且很少在拥有诗才的人身上表现出来。"诗人们自己也这么感觉。特德·休斯 ① 指出，即使最伟大的诗人往往只写得出三到四页真正的诗来，其余的不过是玩弄韵律而已。兰德尔·贾雷尔 ② 更为悲观，他说："一位好诗人有如终生暴露在狂风暴雨之下，最后不过得以被闪电击中五六次。"

悲剧在于，艺术家"与神同在"的时刻太短暂，次数也太少了，这些被闪电击中的刹那使他们产生一种满足不了的需要，而灵感的消失又让他们陷入无以

---

① 特德·休斯（Ted Hughes，1930—1998），英国诗人、作家。1957 年以诗集《雨中鹰》一举成名。他力主直白，给诗坛带来清新之风。

② 兰德尔·贾雷尔（Randall Jarrell，1914—1965），美国诗人、文学评论家、小说家，大部分作品展现对孤独、死亡及对世界的深刻理解。1965 年车祸死亡。

抚平的悲伤。康诺利[①]说："艺术的报偿既不是荣耀，也不是成功，而是中毒上瘾。这也是为什么那样多的平庸艺术家总是恋眷不舍。"这是事实——而且不限于平庸艺术家。

---

① 康诺利（Cyril Connolly，1903—1974），英国文学评论家、作家。

矛盾和偶然

朱利安·索雷尔 ① 的矛盾。"我们有时会有两个不同的我，其间的差异有如另一个我根本是别人。"拉罗什富科 ② 这句话，很多作家想必都心有戚戚焉。但是当毛姆评论《红与黑》时，好像完全不懂此理。他指出司汤达这部小说有一个奇怪的矛盾现象：（主人翁）朱利安的个性特点在于他强烈的自我控制力，但是当他遇到生命中的关键性危机时，却冲动得像一个没有头脑的人。毛姆认为，小说家的第一条规则，便是密切注意人物的行为反应要符合他的"个性"——人格塑造必须前后一致。然而，毛姆的小说水平始终没有超越一出写得还不错的木偶戏，不正是因为被他所说的这种机械式的规则所局限？不过他至少有一本杰作：

---

① 朱利安·索雷尔（Julien Sorel），《红与黑》小说中的主角，青年男子，出身贫寒，有野心。
② 拉罗什富科（François de La Rochefoucauld, 1613—1680），法国箴言作家。代表作《箴言集》质疑人类高贵行为背后的动机。

《大吃大喝》^①。这本书脱离了他惯常面面俱到、滴水不漏的结构；而促成这本小说成功的，正是女主角反复无常，使人捉摸不透的性情。

契诃夫对这些有一种直觉。在他的一本十分怪异和强烈的小说《陌生人》中有个次要人物，一个毫不起眼的小公务员，没什么个性，属于意志薄弱的一类。在故事情节的一个转折点上，这个小人物坐在钢琴前，"抬头望着天花板，好像在思索什么，然后开始弹奏两曲柴可夫斯基；弹得精彩绝伦，如此热情，如此精妙！他的模样一如往常，没有变得比较聪明，也不是笨，我只是觉得他能够有如许卓越，高不可攀，如此纯净的感情，太了不起了。"突然间，生命的神秘浪花将故事带动起来。

萨特的偶然。契诃夫（又是他）曾指出，如果在第一幕中，桌子上有一把手枪，那么要到第三幕才会有人用它。电影也是一样；萨特便是从一家电影院出来时突然有了领悟——看完这部每个细节都有含义的影片后，他发现"街上没有一样是必然性的：人们来

---

① 《大吃大喝》，毛姆1930年出版的小说，英文原名"*Cakes and Ale*"，法文译名"*La Ronde de l'Amour*"。

来去去，但毫无意义。"

但是我们的直觉热烈地要求每件事都有一个存在的意义——所以我们看小说，写小说。这么一来，在所有突发事情上都得安个意思。尼采说，只要我们可以承担任何"怎么样"，只要知道它的"为什么"。关于人生中的偶发事件，达希尔·哈米特[①]写了一则很令人迷惑的寓言。这个寓言夹在《马耳他之鹰》中，但是和小说情节没有任何关系。在外省的一个城市里，一个富有的房地产商，模范公民、好丈夫、好父亲，有一天，他从办公室出来去吃午饭，然后便失去了踪影。经过密集调查，不论从他的过去和现在都看不出来如此突然失踪的理由。许多年以后，私家侦探偶然在另一个城市找到了他；他已改名换姓，但生活方式和过去相比并没有什么不同。他又结了婚，第二任太太和前妻长得很像，属于"这类桥牌打得很好，对生菜色拉食谱很感兴趣"的女人。问他究竟怎么回事？原来那天他外出午餐，经过一栋正在施工兴建的楼房时，一条工字铁杠突然掉下来，差点把他砸扁在人行道上。他毫发无伤，但精神上受到极度打击："好像有

[①] 达希尔·哈米特（Dashiell Hammett，1894—1961），美国作家，被称开创"冷硬派"推理小说，1930 年的《马耳他之鹰》（*The Maltese Falcon*）三度被搬上大银幕。

人把我生命的盖子掀开来，看到了里面的机械结构"。自天而降的铁杠不到一秒钟便会让他粉身碎骨，他霎时感觉，过去所以为的，那样和谐地附着于上的世界，实际上只是人工搭建的虚假布景。那么最聪明的办法便是抓住这偶然的一刻，逃离这样的生活。他走了；一连数周，乃至数月像流浪汉一样活着。但是由于这期间未再发生别的事故，他下意识地又恢复了之前的生活习惯。在顺着一个铁杠会掉在头上的世界立刻做了自我调整之后，他又再度适应了一个没有铁杠危险的世界。

离奇古怪的消息

从鲁迅的内裤到康拉德的晕船

拿破仑最后一次与普鲁斯王面谈的时候，很注意地观察对方的长裤。最后忍不住问："您每天都必须扣那么多扣子吗？是从最上面还是最下面那颗扣起的？"

国王和皇帝之间的这番深刻的谈话，被记录在《路易丝·普鲁斯回忆录》中，克洛岱尔将之转录在他的《日记》里，这本日记的迷人之处正在于这类小典故，今天轮到我拿来作为谈话的题目。

奥威尔在他后期的一本论述中坦承道："我不会，也永远不愿意放弃我儿时对这个世界的印象。只要我还健康地活着，我就会喜欢这块土地，珍惜和建筑实体的接触，而且永不停止地收集那些稀奇古怪的新闻点滴。"

这种收集离奇消息的癖好，我很能理解。很久以来我便想写一本有关鲁迅的书。鲁迅是中国二十世纪最独特的作家，为了这个写作计划，十五年来我收集了大量各式各样的资料。我可以告诉您他最喜欢的香烟是什么牌子（"My Dear"），或者向您描写他的内裤有多破旧（同一条内裤，他用了整整三十年）。这些宝贵资料被捆扎成一大包，就等着我去整理成型。这个计划如果完成，便可印证下面这个说法：大学研究是这样一种工作，知道的事越多，研究的主题越加缩小，以至于最后再是芝麻绿豆的小事也无所不知而无所知。不幸我是个没有秩序的人，整理谈何容易！瓦雷里曾说："如果你的规则是无序，你偏要建立秩序一定得不偿失。不妨就顺着无序的规则吧。"这真是先见之明。我在搬家前夕将辛苦收集的资料尽量藏在一个妥当的地方，结果怎么也找不到了。

我担心很快又要这样再来一次。这次是关系康拉德，我准备写一本有关他的论述。下面是几个没头没尾的片段——先存下来，好像也有点多此一举。

蠢事——对康拉德有过一些愚蠢的评论。谈到这个，我不得不深感遗憾地引述两位杰出作家的话。奥威尔说："要证明康拉德的天才，只要看妇女们不爱看他的书就知道了。"这么说，奥威尔只不过透露了他自己歧视女性的心理罢了。纳博科夫的说法是："康拉德的书是写给童子军看的。"他的敌意不是文学性，而是政治性的：纳博科夫的祖父德米特里替沙皇镇压1862年的波兰反抗运动，而康拉德的父亲是这场运动的一个主要领导人。康拉德全家几乎都在镇压行动中遇害。纳博科夫说不出口的是，他之不能原谅康拉德，是因为他揭发了俄国的野蛮——这个揭发既是有先见之明的预言，也是一种浓厚的欧洲感情。

大海——在康拉德的作品里有个常见的景象：一个落海的人拼命游水，孤独地和命运搏斗。矛盾的是，康拉德自己不会游泳。

他是远洋航海船长，三十九岁那年突然和一个二十三岁的女子订婚，后者是替他整理手稿的打字员。他和新婚妻子以横渡英法海峡作为蜜月旅行，康拉德突然严重晕船，把新娘子吓得魂飞魄散。

女人——康拉德还是单身的时候有一位红粉知己，对方是一个远亲的遗孀，人很聪明，又漂亮，名叫玛格丽特·波拉多夫斯卡，比康拉德年长九岁，也是小说家。玛格丽特长住布鲁塞尔，介绍康拉德认识一些人，给他前往刚果冒险制造了许多便利。她半是基于爱情，半是出于母爱的温柔，很长时间照亮了康拉德黑暗难挨的孤寂生活。玛格丽特本姓加谢，和替梵高看病，后成为朋友并收藏其画作的保罗·加谢医生[①]是表亲；加谢医生和毕沙罗、塞尚也交往甚笃。康拉德到加谢医生位于巴黎的公寓去时，对他挂了满墙的后印象派名家作品好像没什么反应。事实上，他觉得"这些夏朗东派油画"使这栋公寓变成了他的"一个噩梦"。

金钱——康拉德开销很大，一直入不敷出。作为一个出身良好的波兰绅士，他觉得生活在一座花园楼房里，有七个仆人供使唤，是很正常的事。不幸的是，晚年的他文笔变得迟钝：写文章对他简直像在受罪，但是家里有账单要支付。他过世之前三年，英国政府要封他为贵族，寄来一封信封考究、非常正式的信，康拉德以为又是税务局的催缴单，就放在桌上，没有勇气打开。（最后是首相亲自打电话来——但是康拉德婉拒了这项荣誉。他不是生来就已是绅士了吗？）

[①] 保罗·加谢（Paul Gachet，1828—1909），医生、艺术家和艺术品收藏家。曾让梵高住在他家，而使梵高留下著名的《加谢医生画像》。

写在边缘上

迁回。艾伦·贝内特[①]在日记中记录了一次到埃及的旅游，那是个艳阳高照的大热天，他夹在一大群游客中间踟蹰前进，广阔的碎石路被践踏得尘土飞扬；这个他老远跑来参观的旅游胜地几乎变成了一座荒废的采石场，拥塞着满身汗臭的人群。看到这个景象，他想，是否根本上，观光业和卖淫一样：在拼命寻找一个早已丧失了的感觉。

意外得到的印象会在我们的感性上经久不消；因为我们没有刻意去寻找——尤其没有特地为此预订团体旅游的位子。记得爱德华·摩根·福斯特曾有这么一句话，他说，只有辗转迂回获得的东西才会真正留在记忆里。此外，还有人们精神上的埃及；最后想来，其实依然能让我们脱离枯燥无味的现实景观的，也许是偶然的阅读和书页上的眉批。

---

① 艾伦·贝内特（Alan Bennet，1934— ），英国剧作家，作品充满机智和幽默。

怀旧。前两天晚上，我在电视上重看了莱妮·里芬斯塔尔[①]所拍摄的1936年柏林奥运纪录片。里面有个很小的细节——看来不是蓄意的，和影片也没有任何直接的关联——令我印象极为深刻，必须在这里将之记下来。

在一段帆船竞赛中，在一个不到一秒钟的特写镜头里，观众看到一名选手正用劲拉紧帆船的下后角绳索：他嘴上叼支烟。在国际奥林匹克运动会上，正在比赛中的选手竟然一面在抽烟！

其实是我们忘了，过去曾有过这样的时代，人们可以仅为了娱乐而运动。

寓言。弗朗索瓦·努里西耶[②]在《没有天才》这本书中写道："让·端木松[③]，这位在电视访谈节目中辩才无碍的冠军，有天说了句让人惊诧的心里话，他说上文学节目时，会有逛窑子的感觉。他的意思其实很简单：说明和辩护不是一回事，我们也许应该小心别

---

① 莱妮·里芬斯塔尔（Leni Riefenstahl，1902—2003），德国演员、导演。

② 弗朗索瓦·努里西耶（François Nourissier，1927—2011），法国记者及作家，龚古尔学院成员。

③ 让·端木松（Jean d'Ormesson，1925—2017），法国作家，法兰西学院院士。数次出任部长顾问。

弄乱了……"

但是，事情本身是不是更要简单明了得多呢？而且，这个现象远远开始于电视发明之前——他不幸始终有一种很人性的发表欲，迫切需要被人阅读。穆尔塔图里[1]（1820—1887）在《马格斯·哈弗拉尔》这本代表作之外，另有一本集子，叫作《思想》，里面就此写了一则小寓言：

"有一天晚上，一个女人过来向我搭讪，我推开她，问她：'难道除了出卖肉体，你就真的没有别的事好干了吗？'

"第二天晚上，我又在路上碰到她，她把我写的一本《思想》当头摔了过来。

"书把我给打痛了。"

自画像。佩鲁贾[2]用自己的画装饰故乡的商人会馆，在其中一幅的中央，他放了一个相框，里面画上自己的画像——笔法非常写实，画面的粗暴和他其他的作品形成强烈的对比。

---

[1] 穆尔塔图里（Multatuli，1820—1887），荷兰小说家，散文家。代表作《马格斯·哈弗拉尔》（*Max Havelaar*）揭露荷兰政府在荷属东印度的殖民政策造成当地的贫困。
[2] 佩鲁贾（Le Pérugin，1448—1523），意大利文艺复兴时期画家。

这位画家笔下多见清澈透明、纯洁宜人的画面，或者白皙优雅的唱诗班少男少女，他自己则有一张胖嘟嘟，像暴发户肉店老板的脸！这又有什么好惊奇的？艺术家的创作通常不是在表现他们所拥有的，而恰恰是他们所欠缺的。

巧合。当家里遭宵小光顾，被偷走了一些我非常珍惜的东西时，我翻译《论语》的工作正进行到"季康子忧盗"这一段。季康子担忧盗窃，问孔子怎么办。孔子答道："假如你自己不贪图钱财，即使奖励偷窃，也没有人偷盗。"我大概也只有从孔夫子的教导中寻找一点精神安慰了。事实上，我有时觉得孔夫子有点"阿Q"（鲁迅名著《阿Q正传》里的著名讽刺人物，他发明了一种方法，把自己卑微可怜的生活都看作"精神胜利"）。但是我们真正能够拥有的，确实只有那些不经心留下的东西。

文人。但丁·加百利·罗塞蒂 [①] 的妻子很年轻便过世了，他将自己的一本诗集手稿放进棺木里陪葬，作为一种虔诚的悼念。但这是他仅有的一份。过

---

① 但丁·加百利·罗塞蒂（Dante Gabriel Rossetti，1828—1882），英国画家、诗人、插画家和翻译家。

了不久，他改变主意，让人重开棺木，将手稿取了出来。

权威。在十八世纪的中国，当一位朝臣向皇上呈递奏折的时候，按照规矩，要在第一或第二页故意写错一个字。这样皇上便可加以修正，既显示了他的仔细和权威，也不必把全部奏折看完。

流动绘画。德加很不能忍受在博物馆展示的古画时常被管理员任意调换了位置（在他那个时代便有这样的事了），他不满地说："卢浮宫里的画被调换了位置，卢浮宫就变了样子了。怎么能够移动画呢？教堂的祭坛是可以移动的吗？"（不幸，还就是可以。）1903年，凯斯勒伯爵[①] 在沃拉尔[②] 家里和德加、福兰[③] 及塞尔特[④] 一起晚餐后，在日记中写了这样一段话："因

---

① 凯斯勒伯爵（Harry Kessler，1868—1937），德国艺术品收藏家、博物馆馆长、艺术赞助人、和平主义激进分子。

② 沃拉尔（Ambroise Vollard，1866—1939），法国画商、收藏家、艺术出版商。

③ 让·路易·福兰（Jean Louis Forain，1852—1931），法国印象派画家，和莫奈、马奈和德加是朋友，与诗人兰波也交往甚笃。

④ 米西亚·塞尔特（Misia Sert，1872—1950），钢琴演奏家，生于波兰音乐世家。许多当代著名艺术家是她在家主持的沙龙常客。

为博物馆里的一幅画，就像教堂里的祭坛一样，你看到这幅画时的光线是画本身的一部分。移动了蒙娜丽莎，它就不是蒙娜丽莎了。这些道理，说给博物馆管理员听，这些失败的记者，野蛮人，没文化的粗人能懂吗！"

今天，如果德加看到博物馆管理员完全不在乎地将许多稀世珍宝送到世界各地去展览，他会做何感想？ 1960 年代，蒙娜丽莎被送到华盛顿去（马尔罗要取悦肯尼迪），然后现在，轮到《自由女神引领群众》漫步到通布图①或东京……看书最大的乐趣在重新翻阅的时候，对经常参观博物馆的人也一样，最大的幸福便在于每次都能在固定的地方找到所喜欢的作品。我去年春天途经巴黎，照例去了奥赛美术馆想向杜米埃致敬。糟糕！展览厅空空如也：杜米埃到渥太华去了！我在外省也碰到一次同样的事；我到波城②落脚，专程去看德加的《新奥尔良的棉花田办公室》，结果也扑了个空：德加刚刚启程……去了新奥尔良，想不到吧！

---

① 通布图（Tombouctou），西非马里共和国的一个城市，位于撒哈拉沙漠南部边缘。
② 波城（Pau），位于法国西南比利牛斯-大西洋省，离大西洋海岸 120 公里。

继波城之后，我去了巴约讷①，以收藏丰富闻名（鲁本斯，戈雅，席里柯，安格尔等）的博纳美术馆竟然暂时休馆：馆方邀请了一位著名作家按照他的意思重新张挂作品，为了这个绝妙的广告点子，博物馆正在全面搬动之中。说不定哪年又要请一位名导演、一位大设计师、一位退休政要、一位流行装潢师或电视明星……来重新布置。这些人一定很有品位，这个我不怀疑，但是，我一点也不想去探测他们的灵感之源，只希望能让我清静地欣赏博物馆的收藏就好了。

当我们看某些社会学、政治科学或文学理论著作时，会很同意我的一位同僚说过的一句话：有些超级发达的国家付钱给农民，让他们不要生产黄油或玉米，我们是否能够如法炮制，要求一些大学教授不要再写书了？

独裁的绝招。我们从独裁者那里学不来的，是大权在握的天真。其实，独裁者的特点是太容易相信自己的权力，而不一定是犬儒主义。下面这个肖斯塔科

---

① 巴约讷（Bayonne），法国西南比利牛斯–大西洋省滨海城市。

维奇回忆录里的故事便是一个很好的例子：尼古拉一世的一个将军有一女；女儿违背父亲的意志嫁给了一位轻骑兵。做父亲的请求沙皇代为干预，尼古拉一世当即颁布了两条法令：第一条宣告此婚姻无效，第二条恢复新娘的处女之身。

爱默生有理。"但丁作客总是有些让人讨厌的言行，因此从来没有人请他吃饭。"

当我看一篇写得很差的评论索尔仁尼琴传记的文章时，想起了上面这句话。评论的作者看来对索尔仁尼琴之好找碴、不好相处大感惊异。这其实没什么好奇怪的：如果他很谦逊，平和，安静，懂得迎合别人心意，有外交手腕，很好相处，他一定是位让人感到舒服的好邻居——但是，他又怎么能够成为索尔仁尼琴呢？

陀思妥耶夫斯基突然癫痫症发作，他当时在瑞士巴塞尔博物馆里，正在荷尔拜因所画的《耶稣之死》前。西方的绘画，从格吕内瓦尔德到戈雅，从葛雷柯到梵高和蒙克，我觉得，对特殊敏感的体质不乏会引发此类意外的作品。相反的，就癫痫症定义的本身而言，中国绘画会刺激出病症的例子就绝无仅见了。即使徐渭画中表现的暴力，或者吴彬和陈洪绶的离奇古怪，也都不至于否定我这个看法。唯一的例外是龚贤，他的《千岩万壑图》（苏黎世里特贝格博物馆收藏），画面密不透风——我从未见过如此让人喘不过气来的风景画。

致命的完美。帕奇家族的小教堂 [①] 可能是佛罗伦萨最纯粹的文艺复兴建筑：教堂的线条严谨，形状清晰，比例恰如其分，整个结构遵守一种很严格的设计，将所有装饰细节有条不紊地在一个主线之下组织起来。这中间没有任何偶然——而令人遗憾的也许正在这里：不能准许生命进入其中，因为会扰乱这个完美的秩序！位于阿尔诺河 [②] 另一端，壮观无比的圣灵教堂——也是布鲁内莱斯基 [③] 的杰作——更可看出这个特点，因为这座教堂仍然每天在使用：因此不能把它在日常生活的边缘上变成博物馆。我们可以看出它之完美无瑕如何使得生活中任何小意外都会对它造成很大的伤害：这里有一座做工粗糙的圣人石膏像，那里有个巴洛克祭台，一个为了方便起见而封上了的窗户，

---

① 帕奇家族小教堂（La Chapelle des Pazzi，意大利文：Cappella Passi）。

② 阿尔诺河（Arno），位于意大利中部，长 241 公里。

③ 布鲁内莱斯基（Filippo Brunelleschi，1377—1446），意大利文艺复兴早期著名建筑师与工程师。

或另一个加大了的窗子，所有这些即兴的修改后来都变成了对整座教堂的侮辱。借用拳击比赛的术语，这栋建筑没有任何"吃拳能力"！稍微一点损坏在这里就变成了野蛮地打在脸上的一拳：残忍的破相。

相反的，中古世纪的大教堂不是某个个人的美学定理的实践，而是一个集体计划，由于个人的力量完成不了，必须齐心协力，以期众志成城；它们一直保持着开放状态，包容和吸收的能力几乎是无限的；这些大教堂肠胃结实，很轻松地消化了接下去几个世纪的冲积层，以及各式各样的风格。

从这个角度来看，这些风格各异，类型多元，活着的大教堂用石头传达了圣·奥古斯丁的意象："我不再期望一个更好的世界，因为我终于能够欣赏到创造的整体结果，透过这个比较明晰的智慧，我了解到，虽然高级的东西比低级的东西好，集体的创造一定胜过单独完成的高级品。"

罗马圣彼耶教堂里面，游客们（法国游客！）拉大了嗓门谈论勒贝尔宁 [①] 所建的装饰性天盖，嘲笑其夸

---

① 勒贝尔宁（Le Bernin，1598—1680），意大利建筑师、雕塑家、画家，曾任米开朗琪罗助手。

张异常的巴洛克风格，这使我想起阿方斯·阿莱 ① 的一句话："塑料是种很特别的材料，光是弹性便大大限制了它的用途。"

信仰：求雨的人很少是穿着雨衣去的。

最聪明的人所做的傻事不比一般凡夫俗子要少，只是他做的时候带着权威。

萨特说莫里亚克不是小说家，被批评的一方可以自我安慰地说，奥森·韦尔斯不是导演。不论谈的是小说还是电影，所用的手法是一样的：首先专断地界定何谓小说、何谓电影，然后看所分析的作品是否符合这些教条，最后归结出该作品不合定义的结论。萨特因此是一个库特林 ②——或卡夫卡 ③——式的官僚，和人谈话首先要求对方出示自己确实活着的证明书；而这份证明书恰恰只能由这位官僚来发给。

---

① 阿方斯·阿莱（Alphonse Allais，1854—1905），法国记者、作家、幽默演员。
② 库特林（Geroges Courteline，1858—1929），法国小说家和剧作家，他自喻为日常生活的敏锐观察家。文笔简洁清晰。
③ 卡夫卡（Franz Kafka，1883—1924），奥地利德语小说家，犹太人。文笔简洁，想象奇诡，作品常用荒诞形象的象征手法，被誉为欧洲表现主义作家先驱。

使奥森·韦尔斯被判决为"不是导演"的物证，正是——（他的代表作）《公民凯恩》！我手上没有萨特的那篇文章（刊出于《法国银幕》），看到的只是英国电影杂志《视与听》[①]上面刊登的一篇摘要，我翻译如下："虽然说《公民凯恩》这部影片美国人看着喜欢，在我们看来却已完全过时了，因为整部片子是建立在一个对电影本质的误会上。影片故事以过去式来叙述，而任谁都知道电影应该是个当下的艺术：'我是个正在亲吻一个女人的男人，我是一个被人亲吻的女人；我是一个被人追赶的印第安人，我在追赶一个印第安人。'任何以过去式叙述的影片都是电影的悖论；因此《公民凯恩》不能算是电影。"

这本英文杂志并补充说，萨特此文当时引起很大反响，后来《安培逊家族》[②]在巴黎上映，知识分子观众的冷淡反应和萨特之言不无关系。

误解的创作。有些作品被误解了反而更好。

---

① 《视与听》，英国权威电影杂志"Sight and Sound"。创办于1932年。
② 《安培逊家族》（*The Magnificent Ambersons*），奥森·韦尔斯1942年作品。

多年前，一位女记者采访朱利安·格林 ①，发现他是位 007 情报员的电影迷。但是据一位不时陪他一起看电影的友人说，这位名作家看来总是把故事内容完全弄混。这一点当然不难理解：再笨拙粗糙的情节经过这位《莫伊拉》作者的过滤和蒸馏，也都会获得令人困惑的深度。

在这个创作误解的领域中，我还记得有些非洲观众的想象力近乎天才。我年轻的时候，曾徒步旅行到非洲宽果河的巴塔卡区 ②。在丛林地带的村庄里，一名希腊商人开着辆小卡车，带着一组发电机，不时到村子里来放映电影（我所说的是独立之前；今天即使区里依然有做生意的希腊人，我怀疑还有人找得到车子能走的路，去到这些偏远的村庄）。那名希腊人放映的电影都是好莱坞老片，总看到些美艳的荡妇、白色的电话，以及叼着雪茄、身穿条纹西装的黑社会盗匪。影片有音响效果吗？其实即使有，也没多大用处，因为观众听到的只有 kiyaka 语。相反的，在这些蚊虫飞舞的夜晚，他们就着临时凑合的屏幕上闪烁不定的画

① 朱利安·格林（Julien Green，1900—1998），美国裔法语作家，风格接近 19 世纪法国心理写实小说，代表作《莫伊拉》(Moïra) 描写灵与肉的挣扎。
② 巴塔卡区（Bayaka），位于刚果共和国西南部。

面，发明出各种惊人的史诗，远远超过好莱坞导演们的想象。

那个时代，美国影片中的黑人演员一成不变都是没有台词的小角色：旅馆里或车站提行李的小工，刷皮鞋的，富人家的厨师，等等。但是在这些丛林放映会里，观众的注意力都集中在这些微不足道的小角色身上。在他们眼里，这才是影片真正的主角；再者，正因为出现的次数少，更确定了他们在观众的集体灵感中深藏的核心位置。他们每次短暂而突然的出现，都引起热烈欢呼，之前的期待自然也格外热切。有的时候，一名黑人演员出来了一次便失去踪影——没有关系！他的传奇在观众脑海里的另一部影片中继续演下去，看不见，但是精彩绝伦，而银幕上的只不过是黯淡的反面。

一本中国台湾地区的历史和文化期刊刊出一篇文章，谈到唐宋八大家之一的韩愈鲜为人知的一面，指出他住在中国南方的时候，因为出入妓院染上了花柳病，又误信江湖术士，吞下硫黄做成的药剂中毒而死。

韩愈的三十九代孙不满先祖的名声受到诬蔑，向法院提出控诉，最后法官判决该文的作者诽谤罪成立，期刊社长被罚三百元或一个月监禁；他不服上诉，但被驳回。

这种对言论自由的约束固然让人感到遗憾，但一个社会的历史意识如此强烈，以至于可以处理一位生活于一千一百年前的作家的案子，仿佛他是当代人一样，我们也不能不佩服。

艺术创作者必定是有品位的人，这是个非常普遍的想法，却也是个错误的想法。否则无法说明为什么顶尖大画家们几乎一无例外地选择最难看的领带（这方面，随便哪位理发师都可以给他们意见）。好像艺术创作是一种大服装设计师或家具设计师职业的延续！

亨利·詹姆斯① 在《一位女士的画像》这部小说中便说得很清楚，吉尔伯特·奥斯蒙德② 万无一失的高级品位使得此人像块石头般寸草不生，没有一点创作细胞。

在一家高级商店开张的时候，大画家德加曾经有

---

① 亨利·詹姆斯（Henry James，1843—1916），美国 19 世纪写实主义代表作家，小说常写美国人和欧洲人的交往，并写文学评论、游记、传记、剧本。

② 吉尔伯特·奥斯蒙德（Gilbert Osmond），《一位女士的画像》（*The Portrait of a Lady*）小说中的一个负面人物。

言："品位多得让人受罪！"据丹尼尔·哈雷维[①] 的记述，德加甚至认为品位是一种形式的缺陷。他曾说："品位！这根本不存在！我们不知道品位是什么，但是能做出非常漂亮的东西！他们绞尽脑汁，拼命想：如何做出一个形状优美的夜壶？这些可怜虫！如果他们的夜壶都是艺术品，他们从此得憋尿了！"

利用各种仪式、权力和宗教工具，让一个社会团体凝聚起来，与其说是基于经济上的需要，不如说是面对世界的神秘和威胁的一种恐惧心理。亚兰曾说："社会不是饥饿的产物，而是恐惧。"从根本上来看，威廉·戈尔丁[②] 的《蝇王》可以说是这句话的延伸和阐述。

过境夏威夷。最可怕的是这些缴了大笔费用，买下八天的幸福的游客，穿着他们旅游苦力的制服，忧戚地巡视着广大的月亮游乐园（Luna-Park），拼命要

---

① 丹尼尔·哈雷维（Daniel Halévy，1872—1962），法国历史学家。

② 威廉·戈尔丁（William Golding，1911—1993），英国作家，1983 年诺贝尔文学奖得主。代表作《蝇王》(*Lord of the Flies*) 指出罪恶的本源在人性的本质，而非社会环境。

证实他们的钱没有白花。

圣保罗著名篇章指出，终此一生，我们都只是"以一种含混不清方式"在看事情，"像照镜子一样"。莱昂·布洛伊读到此段时自问，镜子所反射的影像是否在说，譬如，生者的快乐是死者的痛苦的反射？而事实上，我们不难看出，夏威夷（或一艘地中海俱乐部的游轮上）的享受的确能让人想象出地狱的样子。

萨拉查 ① 的阴影。我在 1960 年代末的一本旧记事簿中找到一小条剪报，当时是想里面有值得发掘和利用的东西。今天重读，却发现和赤裸裸的现实比起来，任何评语都显得苍白。下面是这则剪报的内容：

"葡萄牙—萨拉查的阴影：萨拉查当权三十六年，他的执政在上一年结束了，这位老人自己却不知道。他十二个月前中风造成四肢瘫痪，病情稳定后继续召集内阁会议，老部下们也忠实地来参加，虽然其中数人已不在原来的职位上。没有人胆敢告诉独裁者：他被人取而代之了。"

---

① 萨 拉 查 (António de Oliveira Salazar，1889—1970)，1932
年至 1968 年任葡萄牙总理，建立法西斯独裁统治。

成功是庸俗的

　　这些人无所不知，却什么都不懂。这么说，通常是在批评大学教授；但这一次，我是在看埃德蒙·威尔逊[①]身后出版的最后一册笔记《六十年代》时，想起了这句话。事实上，我们很久以前就应该怀疑：这位美国大作家其实根底上可怕地空洞？阿娜伊斯·宁[②]（她虽然性好夸大，但是对人确实有一种惊人的直觉）曾经尖锐地指出过，再就是威尔逊和纳博科夫之间令人着迷的书信来往，也应当让我们看得出来。

　　说得更清楚一点，这本《六十年代》是份社交网络资料：收集了著名沙龙里面的名人姓名和围绕着文学的无聊对话——最精彩的部分便是肯尼迪时期的白宫晚宴。不过还是得承认，这本书也并非一无是处；

[①]　埃德蒙·威尔逊（Edmund Wilson，1895—1972），美国小说家、记者、文学批评家。

[②]　阿娜伊斯·宁（Anaïs Nin，1903—1977），出生在法国，兼具西班牙、法国、丹麦血统的美国传奇女作家。

这里那里的，不时会有些一针见血的见解。例如，谈到卡蒂埃-布列松①时，作者指出他的"乡土味如此之少，几乎不像个现代法国人"；或者记下了某位对话者特殊的观点，如马尔罗曾对他说："纽约大都会博物馆基本上是个县立博物馆。真正的博物馆是华盛顿国家博物馆。"（乍听之下觉得荒唐；但是多想想，会发现有一种古怪的合情合理。）

也有一些段落鲁莽得近于粗俗。是否有一种形式的性暴露，由于年轻漂亮而是可以原谅的？我非常怀疑，但是有一件事错不了：老年人当众脱衣服永远是叫人难以忍受的诲淫行为。威尔逊着力描写他和太太之间性行为的细节，有如一位动物园专家写大象辛苦的交媾。这类描写有一段是接在和牙医的约会之后。将两件事下意识地连在一起倒像一个凄凉的契合。

不过，这些都还只是无关紧要的小事。读到下面一段时，我才真正大吃一惊：

"（我和迈克·尼科尔斯②共进晚餐）；他刚看了托

① 亨利·卡蒂埃-布列松（Henri Cartier-Bresson，1908—2004），法国著名摄影家。

② 迈克·尼科尔斯（Mike Nichols，1931—2014），美国导演、作家、制片人。导演作品包括使伊丽莎白·泰勒获金像奖的《灵欲春宵》。

91

尔斯泰的《伊凡·伊里奇之死》①，深受震动。和托尔斯泰许多其他作品相反，我对此书毫无感觉。我无法相信像伊凡这样一个人回顾自己的一生时，会认为日子过得空洞而苍白。当时托尔斯泰正在写他的平生杰作，怎么会构思出这么一个人物来？"

戈尔·维达尔②写《六十年代》的摘要综述时，特别指出了上面这一段，他说："这绝对是事实：说像伊凡这样一个人不可能认为他的过去是空洞而苍白的——正如同埃德蒙·威尔逊本人有各种理由觉得自己生活得多彩多姿，丰富而圆满。"以这番惊人之语，维达尔无的放矢，却一箭中的——他的推理是，如果像伊凡这样的高层法官，在大限之日即将来临的时候突然发现，他的一生，表面看来如此成功，实际上是一片可怕的沙漠，那么像威尔逊和维达尔这样有影响力的大作家，应该也可以进行一番深入检讨：他们对自己的重要性如此自信，是否经过验证呢？不过，也许任何"成功"的人，都不会愿意做这种自我检讨。无论是谁，走到人生的尽头时若感觉没有白活，当初

---

① 《伊凡·伊里奇之死》（*La Mort d'Ivan Ilitch*），托尔斯泰创作于1881年到1885年之间，1886年出版，原名《一个法官之死》。

② 戈尔·维达尔（Gore Vidal，1925—2012），美国小说家、剧作家、散文家，也是美国政治的犀利评论者。

所定的目标也不会多么远大。

终其一生，威尔逊和维达尔看完了一座又一座图书馆的书，如此大量的阅读最后导致如此少的智慧，得出的结论是：书基本上是无用的。（我们本来有点怀疑——而正因为如此，我们才那么喜欢书）。

懒之赞

邻居夫妇退休后搬到海边居住，前两天，我们去他们的新家做客。我恭喜主人今后有用不完的休闲时间了，他们以一种辩护的口吻答道，他们现在其实比过去工作的时候还要忙。有很多事要做，必须建立一个严格的时间表，言下颇为自豪。他们每周的日程确实张贴在厨房里冰箱的门上：有瑜伽课的上课时间表，健行运动和保龄球队的聚会日期，烹饪和美食俱乐部，猜奖游戏，高尔夫球，以及手工创作（家里墙壁上装饰的手绘碟子让人惋惜女主人当年没有选择赋闲在家）。

切斯特顿曾坦然表示对这样的态度感到惊异，他说："有的人看见别人无事可做十分不满，也有人——这更难以理解——抱怨自己无事可做。给他们大量的时间，空荡荡的美好日子，而他们面对如此多的空白长吁短叹。把孤独——也是自由——当成礼物送给他们——他们不收，急忙用一些无聊的牌戏，或拿着长杆子击打小球来加以破坏……花了一辈子的力气争取来的假日被如此浪费，以至于看到他们终于做了些有用的事情时，我都禁不住打个寒战。对于我，我永远不会有足够的'没事做'的时间。"

皮埃尔·勒韦迪[①] 曾经说："要能什么也不做，我需要大量的时间，多到没有多余的用在工作上。"这也是对诗歌创作的一个绝佳的定义，写诗本身便是冥想生活最高的成果。当然，我们得承认马大操持家务的功劳，但是我们很清楚马利亚做了最好的选择，便是单单坐在耶稣脚下听他说话[②]。对懒惰的负面看法实际上反映了一种比较肯定的判断，而且"偷懒"比顺理成章的工作需要更多的个性。

拉布吕耶尔[③] 也说："在法国，需要非常坚定的意志力和开阔的胸怀，才能不理会职位和工作，终日闲在家里，什么也不做。能够有相当的定力，得以不失尊严地演好这种角色，以及有深厚的底子来填满时间

---

① 皮埃尔·勒韦迪（Pierre Reverdy，1889—1960），法国诗人，作品受超现实主义影响。
② 《圣经·新约·路加福音》中的一章，描写耶稣路过两姐妹马大和马利亚的家，马大忙着准备饭菜，马利亚坐着听耶稣说话，马大埋怨妹妹不帮忙，耶稣说马利亚做的才是有用的事。
③ 拉布吕耶尔（Jean de la Bruyère，1645—1696），法国道德家、哲学家，所著《本世纪性格与风俗》是记录17世纪精神最重要的一部作品。

的空虚，而不落入工作俗套的人，可说是凤毛麟角。"

　　自古以来，悠闲始终被认为是文明生活最重要的一部分。《论语》中有言："仕而优则学，学而优则仕。"从政和学识是君子的两个特权，而二者均来自悠闲，亦即行有余力。希腊人发展出类似的观念，称作scholê。从字面上了解，这个字意指一个属于自己的人，可以自由支配自己的身体和时间；从这里延伸出："休息""悠闲"，以及使用悠闲的方式："读书""智慧"，乃至求学的场所，获得技能的地方——"scholê"是"学校"的字源（法文"école"，英文"school"）。古希腊时期，政治和智慧是自由人独享的最高境界，因为只有他们才有闲情逸致。悠闲不仅是"好日子"必不可少的条件，也是一个自由人的标记。在柏拉图的一则对话中，苏格拉底以修辞学的方式问道："我们是奴隶吗？还是我们过着悠闲生活？"这个概念从希腊传到了罗马；"自由艺术"概念的本身再次将思想的活跃和身为自由人的条件连在一起，和奴隶对比，后者的能力仅限于低下层次的"技术"。这样的看法在西方一直延续到近代。当塞缪尔·约翰逊说"所有知识的进步都是悠闲生活的产品"，也只是在指出一个明显的常理。但是，一个世纪之后，尼采认为，在有毒的美国影响的压力之下，文明的悠闲已被侵蚀，他说:"美国的淘金饥渴中有一种野蛮的成分,来自红番的血统。他们对工作的疯狂需要——新世界的典型缺陷——正在以传染的方式使古老的欧洲变得野蛮,使这里成了精神的不毛之地。我们已经为我们的无所事事感到羞耻了:长时间的冥想让我们良心不安……'随便做些什么都好,只要不游手好闲'这个原则是一条绳子,所有高等的文化和品位都在这条绳子上吊死……到后来,没有人能心安理得地过闲云野鹤的日子。但是在过去,准则恰好相反:一位君子,若迫于环境而必须工作,会将之视作一个不可告人的羞耻,而奴隶也感觉自己出卖劳力本来就是要被人看不起的。"

今天,有一个自相矛盾的讽刺,次无产者由于长期失业,无事可做,而不得不赋闲在家,至于受过高等教育的精英阶层,他们的自由业已被改变成制造金钱的机器,将自己陷入压力很大的工作之中,奴隶般地夜以继日,做牛做马,直到精疲力竭。

香烟无价

"不论亚里士多德怎么说，香烟的美妙，什么也比不上。这是君子的爱好，不吸烟的人等于白活了……"（莫里哀，《唐璜》）

我找了很久，终于找到理查德·克莱因 [①] 的书，《香烟无价》（法文译本的书名为《香烟种种……》），但是我没有立刻看，将之原封不动地收在书架上。为什么呢？我想，我之所以如此，多半下意识地担心这本书是否真正做到了我模糊地想做而做不到的事情。我酝酿的计划，是写一种歌颂烟草的文学和绘画选集。插图的部分，先放荷兰古画大师——布鲁维尔 [②]，奥斯塔德 [③]，特尼尔斯 [④] 等的"烟馆"；然后，在现代方面，

[①]　理查德·克莱因（Richard Klein，1941—　），美国康奈尔大学教授。

[②]　安德里安·布鲁维尔（Adriaen Brouwer，1605—1638），荷兰小画派风格画家，出生在佛兰德。

[③]　奥斯塔德（Adriaen Van Ostade，1610—1685），荷兰风俗画家，擅长描绘酒店、烟馆及农舍。

[④]　特尼尔斯（David Teniers Le Jeune，1610—1690），弗拉芒画家。

将有库尔贝^①所画的波德莱尔和他的烟斗；马奈所画的马拉美的画像，我们看到诗人被围绕在雪茄的蓝色带状烟雾之中；梵高椅子上的烟斗以及其他塞尚和德加的抽烟人的画像。连音乐家们也将被动员到我的选集之中：巴赫将他对上帝的信仰和对烟斗的信心相提并论。这位作曲家曾写成了"咖啡大合唱"，可惜他未能写一首"烟草大合唱"！今天，这样一首曲子可以是一个辉煌的战斗颂歌，给予走投无路的可怜瘾君子们精神上的支持。

文学方面，材料多到无从选择。巴尔扎克自然提供了让人印象深刻的有关雪茄烟的描写（例如，在《金眼女郎》里，当年轻的德·马尔赛终于获得神秘难测的"金眼女郎"的青睐，和她一夜缠绵之后，清晨离开女郎的居所，走到街上，燃起一支烟，吐出长长一口烟，叹道："这才是一个男人永远不会厌倦的东西！"）。不过整部选集还是得让塞缪尔·约翰逊做精神导师：他永不枯竭的智慧之泉在各类题目之外也论及香烟的价值，自然留下了许多让人长久记忆的话。譬如，他认为荷兰人如此平和悠闲，是因为习惯抽烟的关系（以及爱好下棋）。约翰逊对精神疯狂有一种神经质的恐惧（您记得，

---

① 库尔贝（Gustave Courbet，1819—1877），法国写实主义代表画家。

他在《拉塞拉斯王子的故事》中说："在我们的生存条件里所有的不确定事物中，最可怕和最令人焦虑的，是无法确定我们的理智是否能一直保持下去。"），对于他，香烟具有强力的镇静作用，霍金斯① 曾听见他说："香烟的用量减少，患神经病的概率增加。"今天，反对吸烟的压力团体的各种古怪把戏更证明此话有理。

事实上，抗烟激进分子变的把戏倒替我这本选集的其中一章提供了丰富的素材。一本英国周刊上有则故事可作为范例：在一列差不多满座的火车上，一对恋人热烈拥吻，久久分不开，后来干脆做起爱来，旁边的乘客视若无睹。完事后，为了放松下来，两人点起一支烟，这时同车的人站出来抗议了，指责他们不该在公众场所吸烟。

克利夫·斯特普尔斯·刘易斯② 的父亲另有一个类似的火车故事。安德鲁·诺曼·威尔逊③ 将之写进这位著名文人的传记中。事情发生在乌尔斯特，时间

① 约翰·霍金斯（John Hawkins，1719—1789），英国作家，和塞缪尔·约翰逊是好朋友，在后者去世三年后，出版了他的生平传记。
② 克利夫·斯特普尔斯·刘易斯（Clive Staples Lewis，1898—1963），爱尔兰小说家、诗人、文学评论家，以儿童文学闻名于世。
③ 安德鲁·诺曼·威尔逊（Andrew Norman Wilson，1950—　），英国小说家和专栏记者。

是二十世纪初。克利夫·刘易斯的父亲阿尔伯特·刘易斯"搭乘一列老式火车，没有敞开的通道，乘客挤在各自的车厢隔间里，火车行进中不能出来"。他的隔间里面另有一名乘客，和他面对面坐着，看来是位很有身份的农场主人，穿了一套体面的格子毛呢西装，但从他脸上表情看来，显然有内急。列车不停往前奔跑，不知何时才有车站停靠，让他下车去上厕所，此人便解开裤子，蹲在车厢隔间的地板上，开始解手。等这件事做完了，他穿好裤子坐回座位，小隔间内臭气冲天，阿尔伯特·刘易斯难受得要呕吐。既然无法立刻清理掉秽物，至少得想个办法来分散注意力，他于是点燃了烟斗。而此时，坐在他对面始终一言不发的陌生人朝他倾身过来，神情严厉地伸出食指，指着玻璃窗上贴的一个字条："禁止吸烟"。对于克利夫·刘易斯，他父亲讲的这个故事，一直在以一种荒唐的方式综述了北爱尔兰根本上的一个真相，以及在那里生活意味着什么。

如果抗烟大队能够达成任务，那么全世界一定会变成一种乌尔斯特式的凄惨和反复无常。也是基于这个原因——即使我现在几乎不抽烟了——我想每一次，若餐馆、会客室和其他公共场所提供选择的话，我会直觉地进入吸烟区：因为那里的人比较容易亲近。从某一个观点来看，吸烟的人有一种胜过不吸烟者的精神优势。但是在这一点上，他们应该感谢抗烟压力团体。事实上，法律规定印在烟丝和香烟包装上的警告，无意间响应了天主教会一个古老的仪式：封斋期开始的时候，亦即行圣灰礼仪的星期三，每位教徒用经过降福的香灰点在额头上，神父提示他说："记得，你来自尘土，将复归于尘土。"大部分时候，现代人努力在生活中淡忘死亡，或者将之从意念中抹除。这种意识不能和病态的悼念死者仪式混淆——基督教的人文主义是很排斥的（¡Viva La muerte！是个诲淫的法西斯口号；佛朗哥的一名将军在西班牙内战爆发时喊出这句口号，风烛残年的乌纳穆诺，发表了一篇崇高动人的演说加以驳斥）。这种意识，相反的，是对生命的礼赞。莫扎特曾在一封信中写道，他每天都想到死亡，这个念头是他音乐创作最深层的灵感之泉。他的艺术中永不枯竭的欢乐必定来源于此。

我不是说吸烟者可以从卫生机构发出的各种带着死亡阴影的警告中汲取创作灵感，以及正确的思想可以把瘾君子们变成莫扎特，但是这些危言耸听的警告很难说不会使得吸烟被蒙上一层新的吸引力——或者一种形而上的意义。每当我看到香烟包上这些威吓性的标签时，我真的很想再开烟戒。

怎么读？

最让人难受的是，看到一个人瞄得非常准，最后却完全错失了目标。切斯特顿将这类的挫折比作一顶帽子落入海中，眼看着帽子就要漂上岸了，又被浪花卷走。我前两天在一家书店里翻阅哈罗德·布鲁姆[①]的新书《如何读书以及为何读书》时，体会到这种感觉。这本书有许多严谨有益的见解，我们只有鼓掌赞赏，例如："人们若不再看书了，那么民主的未来堪忧"，或者："在一个小屏幕上辨认文字，算不得看书。"我首先很高兴看到在他开列的世界文学名作书单上有契诃夫的《学生》。不幸的是，当他说明为何做了这个绝佳选择时，对作品诠释却有嫌鲁钝，以致他之前的夸赞和文学评论立刻被抵消了。

一如契诃夫几篇最美的短篇小说，《学生》是个很短的故事——不到三页——而且几乎没有情节。一名学神学的青年学生回故乡小镇过复活节，那天是节日

[①] 哈罗德·布鲁姆（Harold Bloom，1930—2019），美国耶鲁学派文学批评家。

前夕的圣周五，他快到家时已近黄昏。天气还很冷；住在邻近的一位寡妇和她的女儿在院子里生起了火堆，他靠过去取暖，站在火堆前和邻居母女说着话。当时的情景忽然让他想起前一天，在教堂的弥撒中念的耶稣受难的《圣经》经文，于是说给她们听：在耶稣被士兵逮捕的那个晚上，彼得在大祭师的院子里，也是这样靠近一个火堆。一起烤火的卫兵及仆人开始向他提出问题。他害怕起来，三次否认曾经见过耶稣。正在这个时候，传来鸡叫声，彼得突然意识到自己刚才说了些什么，"他走出院子，伤心地哭了起来"。学生向这对母女告辞的时候，惊异地发现那位母亲正暗自饮泣，女儿则形容忧戚，好像在忍受着极大的痛苦。学生在夜色里走上一条坡路，想着这两个女人为何如此激动：她们的眼泪显示在这个可怕的夜晚，彼得的遭遇对她们有非常特别的意义……很明显地，他刚才叙述的，发生在十九个世纪之前的事，和现在，和这两个女人，和这个偏僻的村庄，和他自己乃至整个人类，都有关系。她们哭泣，不是因为他说故事的口才多么好，而确实是因为彼得和她们很接近……一股喜悦的暖流突然涌进学生的内心……他坐上小船过了河，登上丘陵，俯视整个故乡小镇，以及夕阳在西边留下的一道冷紫色的细带子。他开始思考真理和美，而发现在那个时代，在橄榄树花园和大祭师的院子里，人们确实活在真理和美之中，然后源源不绝地流传到今天……学生当时不过二十二岁，他真切感觉到自己的青春、健康、力量，同时有一种非常温柔的幸福感，一种他过去不曾体验过的、神秘的幸福感逐渐包围住他。他陶醉其中，赞叹生命多么美好，生命的意义多么崇高。

契诃夫写过二百五十则短篇小说。他曾说，其中他最喜欢的是这一则。哈罗德·布鲁姆对此选择感到惊异："崇拜契诃夫的读者们觉得他其他小说的内容充实得多，为什么将这一篇排在第一？我不太看得出来原因……在《学生》里，若将主人翁脑海里的念想排开，其余部分沮丧得可怕。只有当最后，从这种冷酷和悲惨中浮起普遍的喜悦和个人的希望，以及否认之后忏悔的泪水，好像才感动了契诃夫自己……"

这则短篇小说看起来神秘，正是因为灵魂的朴拙是世间最大的神秘。除此之外，仅包含了一个不解之谜：契诃夫始终坚称患有无辨觉能症，这里却让我们看到一种直觉性的智慧，来自宗教经验本身，可以和最资深的神学家相比。我们当然可以假设这名学生虔诚又博学：因此他由衷相信，一千九百年以前，在大祭师的院子里，彼得否认耶稣的事情确实发生过；他的信仰教导他，《圣经》故事都是真实的。因此这段故事不仅属于历史——也属于现在。两个女人的眼泪让这位年轻神学家跃进了一大步，将他从抽象的知识领域带到了具体的经验领域：从真理到了现实——这个现实正是一切真理生根的土壤。（如同克利夫·刘易斯所说："真理永远关系某件事情，而现实就是真理所说的这件事。"）学生没有去省思教条和道理，他立刻面对了无以争辩的现实。他的喜悦来自这里，这种抗拒不了的喜悦是神秘的，但是绝没有任何"不理性"的东西在内，和布鲁姆奇怪的分析相反。

不过契诃夫，以他所坚持的知识良心，进一步指出学生的狂喜中包含了其他的因素："青春、健康、力量"——因为，不管怎么说，"他才二十二岁"。

钢琴和吸尘器奏鸣曲

有一天，十五岁的格伦·古尔德①弹钢琴的时候，碰到了一件让他永志不忘的事情。旁边正在清洁房间的女工突然打开了吸尘器，轰隆隆的机械声霎时盖过了钢琴的音乐，他却一点不觉得受到干扰。他听不见所弹奏的音乐了；但是，突然发现自己能够从身体里面，经由手指的敏锐来感觉音乐——而他所有的弹奏经验自此进入了另一个领域，比较切身，同时又比较抽象：他所弹奏的直接由指尖传达到了大脑。

后来，他自己描述这个现象说："当然，我继续在感觉——我能体会到与钢琴键盘的触感；即使听不见，也可以想象弹奏出来的声音。非常奇怪，我忽然觉得这种新形式的音乐高于所有吸尘器发明之前的音乐，而我一点也未能听见的那一段在我看来是最好的一段。"（马克·吐温曾说，瓦格纳的音乐最好少听——

---

① 格伦·古尔德（Glenn Gould，1932—1982），加拿大钢琴演奏家，以演奏巴赫的乐曲闻名于世。他过人的天才和演奏时的古怪行为被有的医学家怀疑患有"自闭症"。

我懂他的意思，但和古尔德所说不是一回事。）

我是在彼得·奥斯华①替古尔德所写的传记中看到上面这段故事。奥斯华和古尔德是朋友，本身是音乐家和心理学家，因此具备了三重条件来发掘这位音乐怪杰的世界。对这段特别的记述，他是如此评论的："吸尘器的机械声将音乐盖过时，转移了古尔德的注意力，将之导向身体内部，让他可以不理会弹奏的音响效果。有如他体内的一次信天游，使他得到无比的快乐……这就好比某些形式的静坐、幻觉、催眠和其他蒙蔽意识状态的技术，古尔德这次的经验看来向他展现了一个前所未有过的音乐现象。这个潜在内力的显现，有如青少年（当然以及其他年龄层的人）的亢奋达到一个特别脆弱敏感的时刻，他的一生可能因此彻底改变。"

古尔德因此突然发现，音乐之于听力和对抽象感受到的大脑，二者之间有一定的差距。这虽然对演奏家是个令人惊喜的经验，基本上和贝多芬失聪的悲剧没有什么不同，贝多芬的残障使他不得不去发掘无声的音乐境界。

---

① 彼得·奥斯华（Peter Ostwald），著有《钢琴怪杰古尔德——天才的狂喜和悲剧》（*The Ecstasy and Tragedy of Genius*），繁体中文版 1999 年由先觉出版社出版，吴家恒译。

也可借用绘画来比喻。譬如莫奈晚年得了白内障，视力大幅减退之后所画的大荷花。或者黄宾虹八十二高龄时所画的山水，墨汁饱满浓厚，大笔挥洒，他那时几乎全瞎了；他后来动手术恢复了部分视力。但即使在手术之前，他也没有停止过作画；他看不见自己画了些什么，只是随着他长长的一生中每天操练的书法节奏落笔。对他而言，即使当绘画不再是一种视觉经验，它依旧是一种维持生命的呼吸。

这种古尔德和贝多芬在极其不同的情况下所领悟到的无声的音乐，中国人许久以前便很熟悉了。中国古人多半比较自然地倾向于这种发现，在中国古典音乐里，事实上，都是以约定的符号记录乐谱：指出的不是音符，而只是手指在琴弦上的连续动作。今天依然，古琴演奏师平时练习的时候，有时是弹"哑琴"：一首曲子，他们从头到尾不弹出声音来，只是让手在琴的上方来回，不碰触到琴弦。

五世纪初时，陶渊明——大概是中国人最爱慕的一位诗人——不论到哪里都带着一尾没有弦的古琴。有人问他，这样一个无弦的乐器能有何用？他答道："但识琴中趣，何劳弦上声？"

作家和金钱（1）

　　世间再也没有什么题目比塞缪尔·约翰逊让人困惑的悖论所包含的智慧更带给人启发了；对于我们现在所讨论的问题，他曾经说："只有笨蛋和白痴愿意免费写文章。"忠实的鲍斯威尔 ① 把这些话一五一十地记录下来，却无法遮掩他的茫然：大师在说笑话吧？他整个一生奉献给文学的高贵和辛勤的工作，不就在否认上面这个犬儒说法吗？

　　对，也可以说不对。我们记得约翰逊为了支付母亲的丧葬费，如何在短短数周内写完了他的代表作《拉塞拉斯王子的故事》。在一个紧急需要的逼迫下，他可以发挥无边的创造力；但另一方面，他天性之倾向于懒散也几乎一样地惊人。上了年纪以后，终于能够享受一点经济上有限的宽裕，他的创作量开始减少。鲍斯威尔很尊敬地问他为什么闲下来了呢？他回答得

---

　　① 　鲍斯威尔（James Boswell，1740—1795），苏格兰律师兼作家，与约翰逊交往密切，所著《约翰逊传》对后世传记文学有一定影响。

很直爽："是这样的，我完全没有必要再多做了。谁也没有义务非用尽最后一分力气不可。一个人应该留下部分时间给自己。"

但是和他同时代的大作家们不是都这么想。像伏尔泰，他不是为了赚钱而写作，而是为了写作而赚钱。他精于投资，理财有道，累积了巨大的财富，使他可以自由自在地写他要写的东西：他位于费奈的庄园在法国和日内瓦的边境上，因此就像栅栏上的猫，一边的风声紧了，他便躲到另一边去。至于卢梭，他虽然有许多人性弱点，灵魂的高尚却是毋庸置疑的；他对自由的渴望不下于伏尔泰，但是对钱一点也不在乎。全欧洲的文人都争着看他的书，但当时没有版权制度，著作畅销使他名声远扬，却并没有因此使他发财。在生命的最后几年中，他谢绝了赞助人慷慨的捐赠，靠替人抄写乐谱为生：他很准确地计算每天需要抄多少便可维持日常所需；这个限额一旦达到，他便自由支配余下的时间。如此，他可兼顾物质上的安全和内心的平安，他说："我始终认为，要成为高尚的作家，便不能把写作当作一个职业。如果你为了生活而思想，你的思想不可能高尚。"

长久以来需要依靠宫廷或贵族老板的作家们，因为印刷和出版业市场的发展，生活逐渐获得改善。但是要到十九世纪，现代出版业才真正出现，随之而来的，是作者和出版商之间时近时远的个人关系。在我们这个时代，埃德蒙·威尔逊的一句话很可以扼要综述了一些作家的看法，他说："所有出版商都是狗。"出版商方面对作家的评语有时也好不了多少——加斯东·伽利玛①就曾说："一位作者，一位作家，通常不是一个男人。而是个你要付钱给他的女人，同时知道他随时准备另投怀抱。不就是个妓女。"

作者抱怨出版商，用字和口气各不相同，但一般都是围绕着一个主题：钱。他们有时发出可怜的叹息——像亨利·詹姆斯在给出版商的信里叹道："你我之间的关系中让人印象最深刻的，是听不到金币悦耳的叮咚声。"——有时恶言相向，像塞利纳（骂德诺艾勒出版社②）："如果你没有偷我的钱，你就不符合我对人与事的看法！"或者在答复伽利玛要他耐心等候预支稿费时说："耐心，只有笨驴和戴绿帽子的才有的美德！……可怜的杂货店老板！……啊，您干脆用我的合约来擦屁股吧！放我自由，离开您的黑店！"

不过，这样的叫嚣从来都只是在承认自己的无力

---

① 加斯东·伽利玛（Gaston Gallimard，1881—1975），1911年创建法国最大的文学类出版社"伽利玛"。

② 德诺艾勒出版社（Denoël），创立于1930年。

感。西默农想取消一个对他不再有利的合约，于是冷静地运用他对人心的认识，顺利地达到了目的。他计算收回这份合约需要多少钱，准备了等量数额的钞票，塞在一个公文包里。他到出版社去，将钞票摊在老板的办公桌上，一下子便达成了协议。

作家和金钱（2）
一天两法郎的忧郁

如上一章所述，西默农能够如此大剌剌地和他的出版商交涉，是因为他自己拥有充分的经费来源——但是很少作家有他这样的物质条件。虽然有几个著名作家——巴尔扎克、雨果、大仲马、沃尔特·司各特、狄更斯、莫泊桑——赚取了巨大的财富（也有失去的），对许多作家，看来拥有写作天分注定了要过穷困潦倒的生活。文学史上满是令人心酸的故事。陀思妥耶夫斯基身无分文地被困在国外，赶着写《永远的丈夫》，冀望赚点应急的稿酬。当他要把这份寄托了最后希望的稿件付邮的时候，却发现身上连邮资都没有了。波德莱尔的绝望和忧伤看来到了一个更为黑暗的程度：在他日薄西山的时候，有天晚上开始计算笔耕一辈子到底赚了多少钱，最后得出的总额是一万五千八百九十二法郎六十生丁。在旁边看着他算的朋友后来评论道："这样一位大诗人、敏锐犀利的思想家、无懈可击的艺术家，在二十六年的辛勤耕耘中，平均每天赚得一法郎七十生丁。"

令波德莱尔难受的，不是贫穷本身（而且，他母亲从来不会袖手旁观），而是贫困所意味着的，文学读者粗暴的冷漠。我们且不谈那些被不诚实的出版商骗了的天真作家，他们为了钱的问题唉声叹气或与出版商争得面红耳赤，不是由于饥饿，也不是出于贪念，所渴求的是尊重和关心。因为，金钱从来都只是一种象征；而且，即便是碰上财运，中了几百万欧元的彩票，这突如其来的财富一点也缓解不了他们内心深处的焦虑。

康诺利有过一个提议，今天再提出来也许正合时宜，他说："读者如果特别喜欢某一本书，不妨寄给作者一点酬劳，略表赞赏和感谢之意——数额多少没有关系，就说至少半克朗，但最多不超过一百英镑。作者照样从出版商那里领取稿费，外加读者们的小费，有点像咖啡馆的侍应生在薪资之外收取顾客留在碟子里的零钱一样。不超过一百英镑（否则会有受贿之嫌）——但是不能少于半克朗（这样也不会有损您的人格）。"

斯坦贝克 [1] 指出："和卖文为生相比，赌马都可以

---

① 斯坦贝克（John Ernest Steinbeck，1902—1968），美国作家，1962 年诺贝尔文学奖获得者，1939 年《愤怒的葡萄》获普利策奖。

变成一个牢靠稳定的工作了。"但是文学可以被视作一种职业吗？这更是一种病、一个疗程、一个喜乐、一种个人癖好、一次降福、一个执着顽念、一个诅咒、一种疯狂、一个恩宠、一种激情，以及其他许多东西。（再者，里尔克有句话："如果你能够不写作而继续生活，那千万别写作！"）至于出版业，它不可避免地受到所有商业行为固有的约束——出版商和无辜的作者们谈生意时如此无情便源自此。理查德·亨利·达纳 [①] 1840 年完成他不朽的《两年水手生涯》（拉丰出版社，1990 年帕约出版社再版）时，只有二十五岁，他没有任何出书的经验，又急需要钱，对纽约一家出版社愿意出他的书感到非常高兴，后者以二百五十美元买断了版权，合约期限三十年。这本书最后替出版社赚进了五万美元——在当时是个天文数字——但是没有一毛钱进入作者的口袋。不过，当这本书在英国出版的时候，伦敦出版社主动提议付给达纳五百美元。这大概是史上仅有的一个出版社支付作者超额稿费的例子。另有一些同样惊人和精彩的例子：作者相反地拒绝收取他认为太高了的数额。像史蒂文森租了

---

① 理查德·亨利·达纳（Richard Henry Dana，1815—1882），美国作家、律师。

一艘双桅帆船横越太平洋，《斯克里布纳》杂志给他三千五百美元，写十二篇航行纪录，史蒂文森说："你们在美国委实付得太高；请不要惯坏我了——因为你们这是在惯我。钱财对我没有吸引力，我觉得这些大笔的钱败坏了我的道德。"

作家和金钱（3）
成功是一个矫情的意外

再回到前一篇所谈的，理查德·亨利·达纳错失丰厚的稿费，其实我们也不能怪这位纽约出版商利用了达纳的年少无知；这位生意人确实有点苛刻，但是，出版一位名不见经传的年轻作者的书，他冒了很大的风险。任何人都无法预料这本奇特的书会获得如此巨大和持续的成功。

出版家斯托克[①]对自己的行业有一套很独特的哲学，他说："出版书永远会有损失——诀窍便在于少出版，甚至根本不出版。"他的合伙人夏尔多纳[②]这样叙述出版业的黄金时代："那时比较重要的作品会出版一千五百本。往往要十八年的时间才能把这批书卖完。这些作者（今天依旧有身价）都是由和他们差不多一

---

① 斯托克（Pierre-Victor Stock），1877 年接手创设于一百年前（1708 年）的斯托克出版社。

② 夏尔多纳（Jacques Chardonne，1884—1968），著名作家，1910 年起做出版家斯托克的秘书，1921 年与友人合伙将这家著名出版社买下。

样穷的小规模出版社出版（一间房间，两个员工）。"斯托克的出版社经营手法很简单，他说："我们一年出四十本外国小说。其中两到三本发行二十万或三十万册。我们就靠这个维持业务：足以支付各种费用。其余的，没有任何进账。为什么仅两三本书有销路呢？我们从来都没有弄懂过，不晓得为什么会成功，也不知道是经由何种途径成功的。"

这番坦白很了不起。出版商们，即使非常能干又经验丰富，也很少知道自己在做些什么，正好借用科克托①一句有名的评语："神秘的事情既然掌握不了，就假想成是我们所组织的吧。"

我还要提美国出版家拒绝了奥威尔的杰作《动物农场》，理由是"动物的故事没有卖点了"。不过，这本书之前在英国也被一家精挑细选的大出版社（费伯）拒绝，这家出版社是由诗人和文学评论天才艾略特所主持。同样的，伽利玛起初拒绝出版普鲁斯特的书，是听了当时两位第一流的评论家——纪德和施伦贝格尔②——的话，他们的看法是："此书没法读。"如此

---

① 科克托（Jean Cocteau，1889—1963），法国诗人、小说家、剧作家、设计师、编剧、艺术家、导演。
② 施伦贝格尔（Jean Schlumberger，1877—1968），法国出版家。

巨大的判断错误不断发生，出版社企图为自己辩护，谦虚地说他们只不过是生意人，不是文学赞助者。但正因为如此，文学的盲目性在相当程度上影响了他们的生意。

出版业最初是个手工业，后来变成一种工业。这种变化带来的主要后果便是发掘畅销书。但是畅销书何时出现是意想不到的，这不是我们所能策划的事情。作家们很清楚这一点，像毛姆，他事业上有很多辉煌的成功记录，却得出了这样一个结论："畅销书是制造不出来的。"他曾和一个朋友试过制造一本畅销书。当时只是觉得好玩，也因此失败了，他说："所有看了手稿的人都有同样的反应：感觉我们是在开玩笑。"这里的教训很清楚："如果你没有先说服自己，就写不出任何能说服别人的东西。"畅销书作者将全部心血放在这本书上。他给了读者他们想要的东西，因为那也正是他自己想要的。"当一本书受到欢迎的时候，认为它写得不好和相信它是佳作都同样的愚蠢。经验不断告诉我们：一本书的商业成功——或者全盘失败——都减损不了它的文学价值。贝洛克在《诺纳号的航行》①

---

① 《诺纳号的航行》（*The Cruise of the "Nona"*），贝洛克1925年出版的重要散文集。

（1925年）中就此作了一番反思，值得完整收录下来：

"对于将写作当成职业的人（而这是我从二十五岁以来的不幸命运），这是各行各业中最辛苦、最捉摸不定和确实最可怜的一行，原因是，这根本不该是个行业。一个人不应该靠笔维生，就像和人聊天，或者穿衣服、散步和旅行的方式都不能是维生的手段一样。在文学的功能和其经济效益之间没有任何关联。在一本文学作品的质量，或劣质，或重要性，以及付给这本书的版权之间也没有任何关系。这类关系不是生成的，事实上根本不存在。当人们说好书卖不出去，他们完全没有说到痛点。有时好书很畅销，有时很坏的书一样卖得好。有时重要的书卖得很好，而一些荒唐、滑稽、做作的书也能大有销路。真相是，一本书卖得如何和这本书的质量毫无关系。一部作品的精妙或贴切和它在某个特定时间内与多少读者相遇，彼此之间没有因果关系：这是一个意外巧合。"

说真话的谎言
艺术和文学的悖论

　　"艺术：以假传真。" ——德加

　　"只有很技巧地发明的真相，才能取信于人。"
　　　　　　　　　　　　　——乔治·桑塔亚那 [1]

　　"作为一个人，要保持头脑清醒，你必须为一首诗所悸动。" ——莱斯利·穆雷 [2]

　　写这篇论文原本是打算在澳洲高等法院年会（2007 年）上发表；但是，应主办者的要求，将标题改成《历史真相和其他》——这样比较适合道貌岸然的听众。因为在大家印象里，法官都是很严肃的人——他们不也头戴高帽和假发来让我们相信这一点（并提醒他们自己）吗？严肃的人对虚构事物没什么兴

---

[1] 乔治·桑塔亚那（George Santayana，1863—1952），美裔西班牙哲学家、散文家、诗人、小说家。

[2] 莱斯利·穆雷（Leslie Murray，1938—2019），澳大利亚诗人、文学评论家。

趣，不论是何种形式的虚构；再者，以我原先有点轻浮的题目发表，我所谈的也许吸引不了多少人。话虽这么说，张贴出来的演讲标题还是使我有些不安（我并非严格意义上的历史学家），因此趁这本书出版的机会，阐明一下这个有点不诚实的演讲告示。

我的演讲稿前面有三则谚语。大部分的聊天、演讲、应时公告都很快被人忘了。但所有谚语都应该是令人印象深刻的。读者们自然可以忘记我在这里要说的，但是我觉得他们还是应该记住这几则谚语。第一则是位画家说的，第二则来自一位哲学家，说第三则的是诗人。画家、哲学家、诗人，以及小说家——甚至发明家和学者——他们全都走了想象力的快捷方式，而达到各种真理。我们来看看下面的例子：

柏拉图的对话录是西方哲学思想的奠基石；这些对话中出现的往往不是推论，而是各种"神话"——一种简短的哲学寓言。神话是最古老的故事形式，也最为丰富；它发挥了一种重要的功能，如克利夫·斯特普尔斯·刘易斯所说："神话所传达的，不是真理，而是真实。真理总是关系某件事情，而真实则是真理所说的那件事。"在和柏拉图差不多同时期的中国，道家同样以想象的方式表达他们的思想。就这里所谈论的主题——精神上如何达到真理——《列子》里有个小故事特别足以说明这种现象。

　　战国时代，骑兵有非常重要的军事价值，各地王侯将相都聘请专家为他们寻找良驹；一日能跑上千里，中间不必换蹄铁，也不会扬起沙尘的"千里马"最是抢手，但也最为可遇而不可求，需要慧眼辨识。最有名的识马专家名叫伯乐，为秦穆公所用。伯乐后来年事已高，无法再四处奔波找马，秦穆公问他可有能够替代他的人选？伯乐回答说："有的，我有一个挑柴草在市场卖的朋友，他相马的本领不在我之下。"秦穆公于是派此人去替他物色千里马。三个月以后，他回来报告说："已经得到一匹好马，在沙丘那边，是一匹黄色的母马。"秦穆公立刻差人去取马，却是一匹黑色的公马。秦穆公很不高兴，把伯乐召来，对他说："你那位朋友，连马的黄黑、雌雄都分辨不清，又怎么能鉴别马的好坏呢？"伯乐大声叹了口气，说："竟然到了这个地步啊！这正是他比我高明不止千万倍的地方啊！他看到的，是马内隐的天性。他找马，然后只看到他要看的，而不去理会其他。他不为表面分心，直接走到内部的本质。他鉴别这匹马的方式显示他可以担当比鉴别马更重要的任务。"当然，不必多说，马送到了，果然是一匹天下少有的骏马，能够日行千里，马蹄不留下踪迹，也不会扬起沙尘。

至于达到真理的方法，您也许认为一个两千多年前的中国寓言对您没什么大用处。那么来看一个离我们比较近的问题：现代科学所研究的心理变化程序。

　　在医学发展上扮演了重要角色的著名病理学家克劳德·贝尔纳[①]，有一天走进他讲课的大讲堂，注意到一件特别的事情：在一张桌子上放了几小盆人类的内脏；一些苍蝇聚集在其中一个盆子上。一个平常人会有平常的反应——也许会说卫生工作做得不够好，或让人把窗关上。但是克劳德·贝尔纳不是普通人。他看见苍蝇全部集中在一个装肝脏的盆子上，立刻想到"里面一定有糖！"从而发现了肝脏的糖生成机能——这便是对糖尿病的了解和治疗的关键性重大发现。

　　我不是在一本医学历史书中找到这段故事的，而是在保罗·克洛岱尔的日记里。这位诗人的评论是："这种思想串联的方式和写诗相似。兰波可以这样写首诗——笨的人会觉得好笑。但推动的力量是一样的。因此科学最初的源头不是推理，而是从细节上检验想象的结果。"

　　我在这里谈诗，是采取这个字最基本的含义。塞

---

　　① 克劳德·贝尔纳（Claude Bernard，1813—1878），法国生理学家，被公认为试验病理学的创始人。

缪尔·约翰逊在他编撰的英语大字典（1755）中，对诗人有三个定义——按照重要性依序为："发明家""编故事的人"，最后才是"写诗的人"。

我们掌握真理靠的是想象力。这是真的，不仅在科学思考上如此，在哲学思考上亦然。当我还是个天真的大学新生的时候，在法科先修班的文学课上有一堂哲学课。看到这个课程表，我起初非常兴奋，但是碰到一个蹩脚的教授，被当头浇了一盆冷水。不过，由于家里的关系，我得以向一位杰出的哲学家求教。他依我的请求，开了一张必读的基础哲学书单，并写下经典哲学著作的书目，以及几个研究哲学和哲学史的现代最佳索引。我将这份文件小心翼翼地保存着，但是像许多我非常珍惜的东西一样，左收右藏的结果，最后找不到了。今天，过了半个世纪之久，我自然忘了单子上写了些什么，但是清楚记得一件事，便是这位大哲学家在纸页下方加的一个"后记"。我当时弄不懂其中的意思，甚至感到惶惑，也因此将之牢牢记住了。后记中写着（划线强调）："尤其是——不要忘了——多看小说！"以我当时那样一个青涩的大学生，看到这句话有些吃惊，感觉这么说不够严肃。而事实上，在我们天真的想法里，不太分得清楚何谓严肃和深刻。报上的社论一般很严肃，漫画看起来只是幽默逗趣；但是，社论往往只是在咬文嚼字，而漫画则有很深的含义。过了好多年，我才开始完全认识到这位父执辈的哲学家话里的智慧，也有很多机会印证了他的忠告。例如西奥多·达尔林普尔[①]医生在《观察家》杂志上发表了一篇很有哲理、言辞犀利的文章，其中指出，在两个专业能力相仿的医生之间，他会比较信任看契诃夫小说的那一位。我在这里加上一句：如果我犯了罪，我希望法官是西默农侦探小说的读者。

总是在行动的人，被他们所谓的"事实真相"所完全掌控的人，会认为诗和所有其他形式的文学创作都是雕虫小技，是微不足道的消闲。就像我在另一则专栏中提到过的，南极大探险家莫森在许多有关教育子女的家信中，叮咛妻子别让孩子把时间浪费在看小说上，要从历史书和伟人传记中吸取真正的学问。

凭想象的创作，或叙述史实和大事纪实，认为二者之间有本质上的差异是个相当普遍的观念，这种观念其实透露出一种颇为严重的天真和无知。事实上，在某个深度或某种程度的质量上，所有写作都是文学创作，而源头只有一个：诗。

---

① 西奥多·达尔林普尔（Théodore Darlymple，1949—　），英国作家、医生、心理学家。

和一般所以为的相反，历史不是在记录重大事件，而是记录事件所引起的反响，既要靠想象力，也要靠记忆力。记忆力若顺其自然，只能聚集没有目标也没有意义的数据。您还记得豪尔赫·路易斯·博尔赫斯 [1] 的一则哲学故事《博闻强记的富内斯》[2] 吗？年轻男子富内斯因骑马事故招致头部受伤，丧失了遗忘的能力。他的记忆力变得超级强健，任何些微小事全都记得，他的精神体变成一座庞大的垃圾场，一个可怕的储蓄池，装满了各种各样的琐碎、断断续续的刹那；堆积了无可计数的单独画面（没有周围环境）；所有细节一概保存——不论多么没有意义。这种长期性的、不稍缓和的绝对记忆是个诅咒：它排除了所有反思的可能。因为思想需要一处空间，让人可以遗忘、选择、抹除、隔绝、削减，或凸显价值。如果你什么也无法从记忆的阁楼里清理掉，那么你就既不能抽象化也无法概括和归纳。没有了抽象和归纳，就不可能有思想。

　　历史学家不愿意仅是在记录，他编撰、删减、评论、诠释、重组、安排、写作。他的任务不下于"还

---

[1]　豪尔赫·路易斯·博尔赫斯（Jorge Luis Borges，1899—1986），阿根廷作家、诗人。

[2]　《博闻强记的富内斯》（*Funes el memorioso*，英文：*Funes the Memorious*），1942 年初版。

给看得见的世界最高的正义，将每一个既多样又独特的真理彰显出来"。但是要小心！这句话不是一位历史学家在描述他的专业，而是一位小说家在赞颂虚构艺术：我们可以从这里认出康拉德的《"水仙号"的黑水手》——此书的序言无异于一篇关于小说的普世宣言。

历史和小说，这两种艺术都出自诗，发展出一种近似的活动：让记忆和想象这两种功能充分发挥作用，我们也因此可以肯定，小说家是现世的历史学家，而历史学家是过去的小说家。二者都在发明真理。

为了达到过去的真理，历史学家必须克服许多特殊的障碍：必须搜集有时很不容易获得的信息。就这个意义上，他们首先要掌握一门特殊学科的治学方法。相反的，若要了解我们这个时代的真理——发生在我们眼下的事物——那就不是仅限于历史学家的责任；而是我们大家的工作。我们一般又是怎么做的呢？好像不怎么样。

若重读一些东欧作家所写的文章，会注意到一个反复出现的主题：他们面对西方舆论，特别是西方知识分子的无知和冷漠——绝大部分无法理解这些殃及很多人的权力祸害的真相——所感到的惊愕、不满和愤怒。但是，西方国家确实花费了大量的资源收集相关信息、支持大学研究、组织昂贵的间谍网。只是这些浩大的工程并未带来什么结果。罗伯特·康奎斯特①，极少有的一位从一开始便看清楚了问题所在的俄国研究专家，每次尝试传达他的知识的时候，就有极大的挫折感；苏联解体后，出版社建议重新发行他的旧作，问他给这个新集子定个什么书名。康奎斯特想了一下说："就定为《早给你说过了，笨蛋》，您认为如何？"

有一个很值得注意的例子，一位西方作家的名字在东欧一些作家的作品里经常被提及；他们向这位作家致敬，视之为仅有的一位完全具体看透了他们的生存条件的作家，直到周围的声音和气味——这便是乔治·奥威尔。亚历山大·涅克里奇②说得好："乔治·奥威尔也许是唯一能够了解苏联世界深度本质的西方作家。"切斯瓦夫·米沃什③和许多其他人也做了

---

① 罗伯特·康奎斯特（Robert Conquest，1917—2015），美裔英国历史学家，以极具影响力的俄国研究著作闻名。

② 亚历山大·涅克里奇（Aleksander Nekrich，1920—1993），苏联历史学家，1976年移民美国。以对苏联历史的研究闻名。

③ 切斯瓦夫·米沃什（Czeslaw Milosz，1911—2004），波兰诗人、小说家、翻译家。

近似的评论。

纳粹政权的暴行大家都知道：罪犯被击败并判刑；受害人、存活者和见证人说出了真相；历史学家搜集了所有史实并一一分析评断。一道强光照亮了这个时代的每个角落。数据和档案塞满了一座又一座的图书馆。

在这个浩瀚的文学之海中，我想将一本特别让人迷惑的小书独立出来，书上所写的是一个极其平常的经验：柏林青年莱蒙特·普雷策①战前的回忆。他于1938年决定自我流放，表示纯粹是基于道德上的理由。写这个回忆录，作者用了一个笔名，塞巴斯蒂安·哈夫纳，并很恰当地定了一个不多张扬的书名：《一个德国人的故事》（*Geschichte eines Deutschen*）。作者后来成为杰出的记者和史学家。他1999年过世后，儿子在地窖中发现了这本书的手稿，而在次年出版，离现在也没有多少年。

此书的作者是位受过良好教育的年轻男子；父亲是法官，自己也准备朝这条路发展；他的未来充满

---

① 莱蒙特·普雷策（Raimund Pretzel，1907—1999），德国知名记者和历史学家，1938—1954年间离开德国。笔名塞巴斯蒂安·哈夫纳（Sebastian Haffner）。

了希望；他有一群好朋友，生活在一个他喜欢的城市，有他的文化、他的语言。然而，和所有当代同胞一样，他目睹了希特勒的蹿起和夺权。他没有任何独家或内部信息；只是和所有知识分子一样，看报纸，和朋友同事谈论时事。他很清楚地感觉到，如同全国人民，他麻木地被吸进一个有毒的沼泽之中。为了保持适度的圆通，不给自己和家人招来麻烦，每个公民不停地被牵引着做一些小小的让步——这没什么困难，也不是特别严重；所有人，在不同程度上，都进入了这个程序。但是这些看来普通的小投降，日复一日，逐渐变成了一股腐蚀个人正直本性的力量。哈夫纳自己从来不曾处于一个极端的情况下，从未直接经历过恐怖的场面，从未亲自见证过暴力罪行。但是他感觉被整个社会无所不在的、普遍性的道德败坏软软地包裹着。这个经验其实不多不少地就是一个国家的经验，他再也没有分辨真相的能力了。很幸运的是，他没有任何家庭负担，于是离开了所爱的生活环境；放弃了发展事业的计划；先自我流放到法国，再到了英国，为的是"挽救灵魂"。他这个回忆集子（未完成）——简短、朴实、冷静——引发了一个可怕的问题：哈夫纳对这个时代所知道的事，他数百万同胞同样知道，"为什么只出了一个哈夫纳？"

我上面谈到艺术家和作家从各自的道路达到真理。但是，有一点绝对要说清楚：我所说的是各自通向真理的道路，不是说真理也能交换。真理不是相对性的；就其本质而言，每一个人都可以获得；它非常简单明白——甚至往往会感到痛苦。哈夫纳的例子是个很好的说明。

犹太裔军官德雷福斯事件发生期间，利奥泰[①]元帅支持这位无辜受害人，而他自己的贵族、皇家和天主教圈子理应将他拉到对立的一方去。他所属的一个德雷福斯协会要组成"正义联盟"，利奥泰建议用一个比较低调的名字："真理联盟"，理由是："我们对正义与否会感到犹豫，但是真理面前没有犹豫。"

这便连带到了我这篇专栏的结论。这个结论事实上是此文的出发点：我是在复活节前几天接到邀请，

[①] 利奥泰元帅（Louis Hubert Lyautey，1854—1934），出身圣西尔军校，法国政治家、军事家、元帅，1912—1915年任摩洛哥总驻扎官，建立法国保护制度，1916—1917年任法国作战部长。

来和大家谈真理的问题。在复活节圣周内，我们一连数天在教堂里念四本福音里所记载的耶稣受难前最后两天的事迹。这些《圣经》故事，每一个都有一段对耶稣受审的记述，审判由古罗马总督彼拉多主持；"真理"的概念出现在法官和被告之间的一段对话中。这段对话很有名——但是这一次，我格外受到感动，也是我为何接受邀请的原因。

犹太大祭司和长老公会逮捕了耶稣；审判结果决定以亵渎的罪名判处死刑。不过，由于他们是罗马帝国的子民，无权宣判和执行死刑。只有罗马总督拥有这个权力。

他们将耶稣带到彼拉多面前。彼拉多于是陷入了非常棘手的情况。首先有职权上的问题：他既是行政长官也是司法首长。身为最高统帅，他要负责公共秩序；身为最高法官，他必须保障司法判决公正无误。此外再加上他个人的情况：犹太人自然把他看成可恶可恨的外来压迫者。他自己这方面，对好斗的当地人既怕又恨，伤透脑筋。他上任以来已发生过两次重大动乱，好不容易镇压下来——他甚至被告到了罗马当局去；不能再冒险了。这一次，他嗅到了陷阱。

当地的社会名流权贵自称为凯撒的忠实子民。他们指责耶稣造反：鼓动人民不交税、自封为王、挑战凯撒的权威。如果彼拉多不判耶稣的罪，那么是他自己犯了欺君之罪了。

这位总督开始审讯。他自然觉得被告的"心灵王国"之说异想天开，但也完全无害。此外，耶稣看来既不暴力也不荒诞；他姿态端正、言辞朴实。彼拉多对他平静的尊严颇有好感；而且很快看出来他完全是无辜的，没有犯过别人控告他的罪。彼拉多说了三次："我在此人身上找不出任何过错！"但是控方要求判他死罪，据《新约》说，彼拉多一听群众高喊便慌张起来：他害怕若再次发生暴乱，他的官场生涯也就到此为止了。

审判中间，彼拉多问耶稣平日做些什么，后者回答说："我到这个世界上来是为了替真理做证。所有站在真理这一边的人都会听我的话。"彼拉多反驳说："真理！你说什么是真理？"他本身是个受过教育的罗马人，曾到各地旅行，看过世界，他读过哲学家们的书；和面前这个朴实小民、这个乡下木匠不同的是，他很清楚世上有神明，太阳底下有各种信仰。

但是要小心！每一次有人问"什么是真理？"——通常只是因为真理就在眼下，但是同意这个太过为难。另一方面，彼拉多为了顺从民意，而违背了内心的信念，任由民众将耶稣钉死在十字架上。

彼拉多的问题，不在判决耶稣是否有罪；这一点是很容易裁决的。真正的问题在于，真理在他眼前，但是他最后选择了视而不见——如同我们大家在多数情况下一样。

记得死亡终究到来
封斋期的冥想

您想到有一天要离开这个世界而忧伤吗？事情可能比这个更糟——斯威夫特 [①] 在他的讽刺小说《格列佛游记》中作了很好的说明。格列佛抵达拉格纳格后，获悉当地居民中有不死之人：不时有个婴孩来到这个世界上，额头上有个圆圈印记，标明他是个"Struldbrugg"——一个永远不死的人。这个现象不是遗传的，而是偶然——也很罕见。格列佛大为惊喜：那么会有人得以避免人类与生俱来的焦虑？这些永不死亡的人在漫长的生命中将聚集多少精神上和物质上的财富——知识、经验和智能的宝藏！看到他的兴奋，主人忍不住笑了一下。事实上，"Struldbrugg"不会死亡，但是并非不会老；经过一定年数后，他们会掉牙、掉头发、记忆力减退、行动困难、耳聋目盲、萎缩成

[①] 斯威夫特（Jonathan Swift，1667—1745），英国讽刺作家、诗人，以《格列佛游记》（*Gulliver's Travels*）中的神奇旅行经历激烈讽刺当时的科学家、政党、汉诺威王室。

丑陋的矮人（尤其是女性），语言的自然演变也剥夺了他们与新一代人之间沟通的能力——因此，他们在自己的世界中成了陌生人，忍受着老年的各种悲惨境遇，最后在迟钝碍滞的凄惨状态下无休止地存活下去。今天，现代医学的进步将这种带有预言性的景象又做了各种各样的诠释。

有一天，我拿起阿尔伯特·斯佩尔 [①] 的"日记"翻阅，偶然看到一段很奇怪的文字。斯佩尔被监禁在施潘道监狱 [②] 第十七年的时候，他写道："今天我在屠格涅夫的《父与子》里看到一句话，印证了我最近的计算（为了排解铁窗生活的无聊，斯佩尔变着花样计算剩下的服刑期）：'有人说，在监狱里，感觉时间比在俄国过得快。'可见当时俄国的时间是多么地慢！"我也正好重读了《父与子》——上面说的这一段所表达的意思在我看来正好相反。屠格涅夫描写的是个中年人，他的情妇离开他回到了苏俄；他"再也没有什么好等待的，不论是对自己还是别人，都没有任何期望了"，他在孤独和寂寞中老去；"十年就这么过去了，枯燥和

---

① 阿尔伯特·斯佩尔（Albert Speer，1905—1981），德国建筑师，纳粹德国时期成为装备部长。

② 施潘道监狱（Spandau Prison），位于西柏林施潘道区，因监禁纳粹要犯而闻名。

荒芜的岁月，但是过得出奇地快。没有任何地方，时光飞逝的速度赶得上在俄国；有人说，在监狱里过得还要更快些。"屠格涅夫说得很清楚，当日子一片空白的时候，光阴闪电般倏忽即逝。但是对于当时还年轻的斯佩尔，旺盛的精力在狱中无从宣泄，无异于忍受酷刑；很自然地，他将屠格涅夫的话会意成一种讽刺：时间在俄国过得很慢，几乎和在监狱里一样慢。

在《人这个陌生动物》一书里，亚历克西·卡雷尔①分析定时器的太阳时间和日历之间的不同，静止不动且在人之外的时间，以及因人而异的内心时间——随着个性、感受和年龄而改变。因此，在我们童年时期，一年长得好像了无止境，因为充满了丰富的生理大事（成长）和心理大事（不停地吸取信息和新的印象）。

随着年龄，这些刺激因素减少（伊夫林·沃抱怨很难再找到写小说的好题材，他说："过了四十岁，所有碰到的事情都不再留得下什么印象。"）——他推论说是由于时间的加速消逝，而使人陷入了因此产生的空白。

---

① 亚历克西·卡雷尔（Alexis Carrel，1873—1944），法国外科医生、生物学家、优生学家。1912 年获得诺贝尔生理学或医学奖。

托尔斯泰七十九岁的时候在日记中写道，只有小孩和老年人真正在享受生活：前者还没有承受时间的幻影，而后者终于从里面脱离出来。

事实上，到了生命的终点，我们就像从一栋摩天大楼的百层楼上坠落的擦窗户的工人，坠落的速度不断增加，但是，在碰到地面之前，他一直被孤立在一个无所谓时间的空白里。

我们不断地对时间的消逝感到惊异："怎么！不过是昨天，这个秃了顶的八字胡爸爸还是个穿着短裤的小男孩！"这显示时间不是我们的自然元素。能想象一条鱼对水的浸湿感到惊异吗？我们真正的祖国是永恒；在时间的长河里，我们只是过客而已。

然而，人是在时间之中兴建了夏特尔大教堂 ①，绘成了西斯廷教堂 ② 的天花板，以及弹奏七弦琴——也因此，威廉·布莱克惊人的直觉使他想出这个名句："永恒所爱的是时间的杰作"。

---

① 夏特尔大教堂（Cathédrale de Chartres），位于法国巴黎西南约七十公里的夏特尔市，建于公元 8 世纪到 12 世纪。据传圣母玛利亚曾在此显圣，1979 年列入世界文化遗产。
② 西斯廷教堂（la Sixtine），建于 1445 年，为罗马教皇的私用经堂，教皇选出仪式的举行处。

N